象棋亘古名局

字图趣局 *135*

林 围 柯德辉 林兴云 编著

U0105660

福建科学技术出版社

图书在版编目(CIP)数据

字图趣局 135/ 林围等编著.—福州:福建科学技术
出版社,2003.7

象棋亘古名局
ISBN 7 - 5335 - 2168 - 4

Ⅰ.字... Ⅱ.林... Ⅲ.中国象棋—对局(棋类运
动) Ⅳ.G891.2

中国版本图书馆 CIP 数据核字(2003)第 030774 号

书　　名	字图趣局 135	
	象棋亘古名局	
编　　著	林　围　柯德辉　林兴云	
出版发行	福建科学技术出版社(福州市东水路 76 号,邮编 350001)	
经　　销	各地新华书店	
排　　版	福大校办工厂产品经营部	
印　　刷	福建省地质印刷厂	
开　　本	787 毫米×1092 毫米　1/32	
印　　张	8.875	
字　　数	194 千字	
版　　次	2003 年 7 月第 1 版	
印　　次	2003 年 7 月第 1 次印刷	
印　　数	1 - 5 000	
书　　号	ISBN　7 - 5335 - 2168 - 4/G·285	
定　　价	12.80 元	

书中如有印装质量问题,可直接向本社调换

目　录

4

6

一、字形局

第1局 春风贺喜——"春"字

局名取自唐·赵嘏《喜张沨及第》诗:"春风贺喜无言语,排比花枝满杏园"。

红先胜

1. 兵四平五　士6退5

2. 前兵平五　将5进1

3. 前兵进一　将5退1

4. 车四进三　将5平6

5. 马五进三　将6平5①

6. 炮三平五　象5退7

7. 兵六平五　将5平4

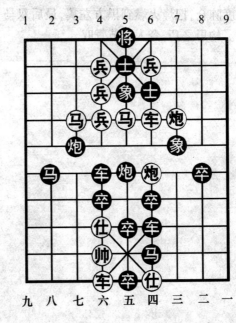

九　八　七　六　五　四　三　二　一

1

8. 炮四平六　马2退4　　9. 马七进八　炮3退3
10. 兵六平七　马4进2　　11. 炮五平六　马2退4
12. 前炮平二　马4退6　　13. 炮二进三　象7进5
14. 马三进四　象5退7　　15. 马四退六　**红胜**

注

① 如改将6进1,则炮三平四,炮3平6,前炮平五,炮6平4,马三退四,红胜。

结语

本局前四个回合红方攻杀手段是毁去黑方贴身防御工事,让黑将暴露在火力之下。以后着法双炮逞威、二马争功,兵卒奋勇,一系列战术组合,雄健有力,一气呵成,尽显风流,看得人眼花缭乱。其中第12回合,红炮虚晃一枪,移步换形,暗度陈仓,把烽火燃到黑方左翼,最后双马一纵一跃,双将成杀。构思之巧,令人击节赞叹。

第2局　节近重阳——"节"字

局名取自唐·皇甫冉《寄权器》诗："节近重阳念归否,眼前篱菊带秋风"。

红先胜

1. 马四退五
象7进5①

2. 前车平五
将4进1

3. 车三平五
象3进5

4. 炮二退一②
后炮退3③

5. 车五退一
将4退1

6. 车五平六
将4平5

7. 马五进三
将5平6

8. 车六平四
将6平5

9. 车四退三	将5平4	10. 马三进四	将4退1
11. 炮二进二	炮7退6	12. 马四退五	将4进1
13. 车四进四	将4进1	14. 炮二退二	炮7进2
15. 马七进五	**红胜**		

3

注:

①黑如退车吃马,则前车平五(如将4退1,则炮二进一再车三进二亦杀),将4平5,车三进一,红速胜。

②不退车吃象,反留作炮架,高瞻远瞩。

③如改象5退7,则车五平六,将4平5,马五进三,马后炮杀,红胜。

结语

本局黑方九子逼宫,把红帅围得水泄不通,形成艺术的极度夸张。但红方凭借先行之利,步步紧逼,抢先成杀。第1~10回合,红方车马纵横,耀武扬威,在黑方阵营内翻江倒海,把黑阵冲击得七零八落,第11~15回合继续围点打援,逐步缩小包围圈,终于力擒黑将,黑方纵有一炮左支右捂,亦无济于事。

第3局　自强不息——"自"字

语出《易经·乾》:"天行健,君子以自强不息"。

红先胜

1. 兵三进一　　将6退1

2. 兵三进一　　将6进1①

3. 兵四进一　　炮6退5

4. 马五退六　　士5进4

5. 炮五平四　　将6平5②

6. 兵六进一　　将5退1

7. 兵三平四　　将5退1

8. 兵四进一　　将5进1

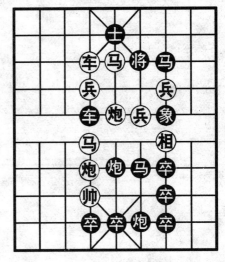

9. 兵六平五　　将5平4　　10. 前马进四　　车3平4

11. 马六进七　　车4平3　　12. 兵五平六　　**红胜**

注:

① 如改将6退1,则车六进二,红胜。

② 如改炮6平5,则马六进四,将6平5,兵六进一,红胜。

5

结语

　　兵卒本是攻击力量最弱的子,但本局红方三路兵气势咄咄逼人:一冲吃掉黑马,二冲迫黑将升顶,第7回合三冲对准黑将来个拦腰一拳,令人刮目相看。末4个回合,红方再擂战鼓,马借炮威,直面进击,铁蹄踹营,黑车虽舍生忘死救驾护主,还是"力尽关山未解围。"

第4局　克己奉公——"己"字

语出《后汉书·祭遵传》："遵为人廉约小心,克己奉公"。

红先胜

1. 兵六进一
将4退1

2. 兵六进一
将4平5

3. 马四进三
将5退1①

4. 车五进二
将5平6

5. 车五平四
将6平5

6. 兵四平五
炮6平5

7. 车四平五
将5平6

8. 马三退四
车7平6

9. 马四进二　**红胜**

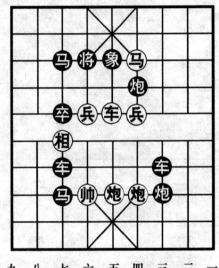

注:

① 如改将5平6,则兵四进一,车7平6,兵四进一,将6退1,兵四进一,将6平5,兵四平五,将5平4,兵六进一,红胜。

7

结语

本局红炮受到黑炮的监视,似乎只能隔岸观火,无所事事。但在前方车、马、炮的密切配合下,顿使黑将大气难喘,如履薄冰。第7回合红方"马口献马",有"铁骑突出刀枪鸣"之气势。以后车、马、炮生龙活虎,三拳两脚,擒获黑将,上演一则攻杀佳构。

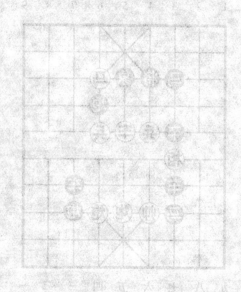

第5局 软红帘动——"动"字

局名取自近代苏曼殊诗:"软红帘动月轮西,冰作栏杆玉作梯"。

红先胜

1. 兵六进一
将4退1

2. 炮七平五
将4退1

3. 后炮平六
将4平5

4. 马二进三
车7退1①

5. 前车进三
炮9退5

6. 车一进四
车8退8

7. 车一平二
车7退1

8. 车二平三
将5进1

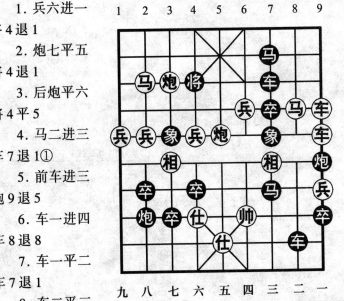

9. 炮六平五　将5平6　　10. 兵四进一　　**红胜**

注:

(1) 如改将5进1,则马八进七,将5平6,炮六平四,车7
平6,兵四进一,将6进1,马三退四,将6平5,兵六进一,

9

红胜。

结语

本局红方能获胜,双炮居功至伟。第2回合"炮七平五"镇中,扼襟控咽,切断黑将逃生之路;第3回合,"后炮平六"逼黑将平中,为红马踹营穿针引线;第9回合更是欲置黑将于死地,再次中路照将,如平地惊雷,炸得黑将无处栖身(如进将吃炮,红车兜底成杀)。三次用炮,弹无虚发,曲尽其妙。

第6局 手挥目送——"手"字

局名出自三国·魏·嵇康《赠秀才入军》诗："目送归鸿,手挥五弦"。

红先胜

1. 兵五进一 将4退1

2. 兵五进一 将4退1①

3. 兵五进一 将4进1

4. 兵四平五 将4进1

5. 马四进五 炮7平5

6. 车三进四 炮6退2

7. 车三平四 炮5退2

8. 炮五平六 车4退1

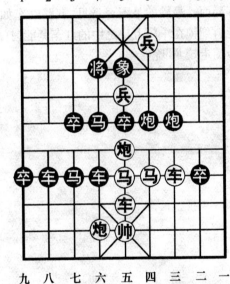

9. 车四平五　　将4平5　　10. 马五进六② 　将5平6

11. 车五进五　　**红胜**

注:

① 如改将4进1,则马四进五,以下杀法同正变,红速胜。

② 图穷匕现。一骑绝尘,追风赶月,水落石出,红车突露峥嵘。

结语

本局颇多令人回味之处。前4回合,红兵二竖为虐,在黑方九宫内翻云覆雨,逼得黑将走高窜低逃难。第5回合,红马振鬃奋蹄,虽遭到黑炮轰击而马革裹尸;但由于黑炮的离防,造成红车通头。第9回合,红弃车啃炮一着,风云突变,石破天惊,把攻势推向高潮;由此转换成铁骑闯营、剑指黑将的大好局面。最妙的是图穷匕见,五路红车如猛虎出林。当初谁能料到锁在千门万户之中的红车竟能"打破樊笼飞彩凤,顿开金锁走蛟龙"呢?

第7局　丰年瑞雪——"丰"字

句出南朝·谢惠连《雪赋》："盈尺则呈瑞于丰年"。俗语有"瑞雪兆丰年"之说。

红先胜

1. 后兵平六　　　车4退1

2. 马六进七　　　炮3进1①

3. 兵四平五　　　炮5进2②

4. 车三平五　　　马6退5

5. 马四进五　　　车4平5

6. 车五平六　　　卒3平4

7. 后炮平六　　　卒4平5

8. 炮五平六　　　车2平4

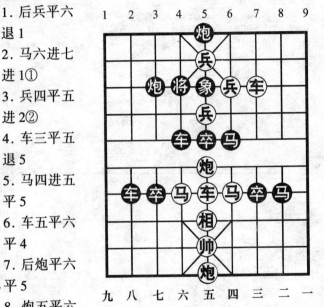

9. 前炮平四　　　车6进3　　　10. 炮四进三　　**红胜**

注：

① 如改车4平3,则马四进五,即胜。

② 如改马6退5,则马四进五,车4平5,车五平六,卒3

13

平4,后炮平六,卒4平5,马七退六,炮3平4,炮五平六,炮4进3,炮六平四,炮4平3,炮四进三,红速胜。

结语

本局红方首着平兵,一石三鸟:一调离黑车迫其撤离驻防要津;二伏下策马奔袭攻着;三是发挥中炮威力。第6回合红车舍身作炮架,攻势有增无减,以下双炮指东打西,腾挪转向,辗转出击,轻灵飘逸。

第8局　衣冠文物——"衣"字

局名取自《宣和遗事》前集："衣冠文物之时少,干戈征战之时多"。

红先胜

1. 兵五进一
将5退1①

2. 炮六平五②
炮2平5

3. 兵五进一
将5进1

4. 车四平五
马4退5

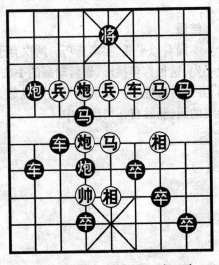

5. 车五进一
将5平4

6. 兵七平六
车3平4

7. 车五平六
将4平5

8. 马五进四
将5退1

9. 车六平五　将5平6　　10. 车五平四　将6平5

11. 马四进六　将5平4　　12. 马三进五　将4进1

13. 车四进一　　**红胜**

15

注

① 另有两种演变：

甲、如改将 5 进 1，则车四平五，将 5 平 4，前炮平八，车 3 平 4，车五平六，红胜。

乙、如改将 5 平 4，则兵五平六，将 4 进 1，车四进一，将 4 退 1，车四进一，将 4 进 1，马五进四，将 4 平 5，马四退六，将 5 平 4，兵七进一，车 3 退 3，马六进八，红胜。

② 炮先平中叫将，再弃兵请起黑将，次序并然，有条不紊。

结语

本局看似平淡，实寓奇巧。两次弃子皆先发制人，争得宝贵一先，这种移步换形、偷营劫寨的手法，须细细体味，临局运用，方能得心应手。以下双马上下盘旋，左右施威，红车从中推波助澜，获胜自在情理之中。

第9局 雨足郊原——"足"字

局名取自宋·黄庭坚《清明》诗:"雷惊天地龙蛇蛰,雨足郊原草木柔"。

红先胜

1. 兵五进一 将4退1①

2. 马六进八 将4退1

3. 马五退七 将4平5②

4. 兵五进一 士6退5

5. 兵四进一 士5退6

6. 前车进一 士6进5

7. 前车进三 马6退5

8. 车五进五 将5平6

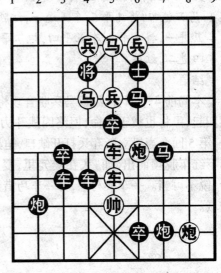

9. 车五进一　将6进1　　10. 马七退五　将6进1

11. 马八进六　车4退5　　12. 马五进六　将6退1

13. 车五平四　**红胜**

17

注：

① 如将平中吃兵，则门户洞开，无险可守，输得更快，着法如下：将4平5，前车进一，将5平4，前车进二，将4退1，马六进八，将4退1，马五退七，将4进1，马七退六，将4退1，前车进二，红速胜。

② 如改将4进1，则兵四平五，士6退5，兵五进一，马6退5（如将4进1，马八退七，将4平5，车五进一，红胜），马七进五，将4退1，马五退七，将4进1，马七退五，将4平5（将4退1，马五进四，将4平5，车五进一，红胜），马五进三，炮7退6，车五进一，将5平6，车五平四，炮7平6，车五进五，将6退1，车四进二，红胜。

结语

本局前4个回合，红双马兵联合攻将，虽使得黑方境内狼烟四起，黑将也疲于奔命，但终因战斗力不足，无法入局。于是，第5回合当机立断弃兵打开缺口，迫黑落士，为红车松绑。以下红车脱颖而出，如"久在樊笼里，复得返自然"。双龙赴会，锐不可当。一车换马士，另一车巧借帅力，配合骏骑，一举破城。

第 10 局　灭此朝食——"食"字

语出《左传·成公二年》："齐侯曰,余姑翦灭此而朝食,不介马而驰之"。

红先胜

1. 兵六平五　马 3 退 5

2. 兵四平五　将 5 进 1

3. 兵五进一　车 5 退 2①

4. 马五进四　车 5 平 6②

5. 后车平五　将 5 平 6

6. 车六进二　将 6 退 1

7. 车六进一　将 6 进 1

8. 前马进六　马 2 退 4

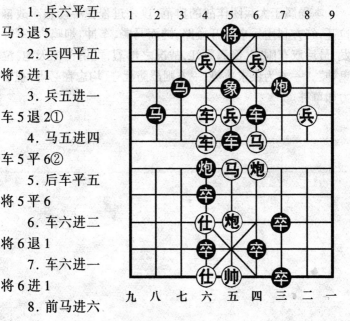

9. 马四进三　　车 6 平 7　　10. 炮五平四　　卒 7 平 6

11. 车五进三　　将 6 进 1　　12. 车六平四　　马 4 退 6

13. 车六退一　　**红胜**

注：

① 如改走将 5 进 1,红则车六平五,将 5 平 6,车六平四,红胜。

② 如改走将 5 平 6,则马四退六,炮 7 平 6,马四进二,炮 6 平 7,后车平四,车 5 平 6,马六进五,将 6 退 1,车六进三,红胜。

结语

本局属于大兵团作战的典范,攻杀过程惊心动魄。战幕拉开,红方利用兵卒杀开血路;继而马嘶、车冲、炮鸣,六军齐发,最后双车闹宫,倒海翻江,战况之惨烈,可谓:"惊天地,泣鬼神"。一方为谋求攻势,一方则严防死守,均志在必得,视子力如草芥。

第 11 局　保国安民——"保"字

句摘自《水浒全传》第 54 回:"保国安民,替天行道"。

红先胜

1. 兵三平四
将 6 退 1

2. 前兵进一
将 6 平 5

3. 前兵平五
将 5 平 4

4. 前兵进一
将 4 进 1

5. 兵七平六
车 4 退 3

6. 后兵平六
将 4 平 5①

7. 兵六平五
将 5 平 4②

8. 车四平六
炮 3 平 4

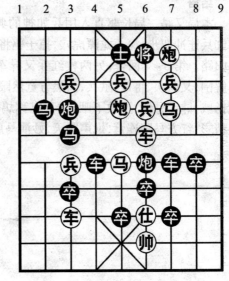

9. 车六进一　马 2 退 4　　10. 车六进一　马 3 退 4

11. 炮五平六③　马 4 进 2　12. 马三进四　车 7 退 4

13. 马四退六　**红胜**

注:

① 如改将 4 进 1,则车四平六,将 4 平 5,兵四进一,将 5

21

退1,兵四平五,红速胜。

② 棋谚云:"小兵得势赛车勇。"红方再次弃兵,黑方仍然不敢吃,否则有以下杀法:如将5进1,则兵四进一,将5退1,兵四平五,将5平4,车四进三,红速胜。

③ 必要的顿挫,也是获胜的关键。为以下连续跳马制造杀势创造条件。

结语

本局又是一局长驱直入用兵如神的典范。战斗伊始,三路红兵连冲四步,深入龙潭虎穴,掠士驱将,坐镇中宫,切断黑将归路。第5~7回合,另两枚红兵又异军突起,除逼黑方弃车解围,又两次"将"门献兵,而黑方竟然眼睁睁地看着红兵耀武扬威,肆无忌惮,不敢下咽,此兵堪称鸩酒。以后的着法也很精彩,红方马踏连营,炮声震天,妙演马后炮杀法。

第 12 局　精卫填海——"卫"字

典出《山海经·北山经》。晋·陶渊明《读山海经》诗:"精卫衔微木,将以填沧海"。

红先胜

1. 车六进一①　将 4 进 1

2. 马七退六　将 4 平 5

3. 后兵进一　士 5 进 6

4. 马六退四　将 5 平 4

5. 前马进六　将 4 平 5

6. 马四进三　车 6 退 4

7. 车五进二　卒 4 平 5

8. 马六进七

红胜

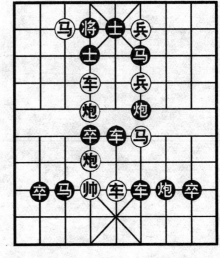

1　2　3　4　5　6　7　8　9

九　八　七　六　五　四　三　二　一

注:

① 正着。如改车六平五,则马 6 进 4,兵四平五,将 4 退 1,兵五进一,将 4 进 1,红不成杀,黑胜。

23

结语

　　本局红方连续穷追猛打，至第4回合回马踏炮，实为另一匹红马投入战斗搭桥铺路。第6回合，黑方解将还将似可透松局面，然而红方立即投桃报李，红车果断地吃掉黑车反将，黑方只好平卒吃车，但因此又造成四路线门户洞开，顾此失彼，真是："屋漏偏逢连夜雨，船迟又遇顶头风"。至此，局面不可收拾矣。

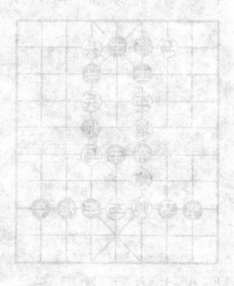

第13局　和月摘梅——"和"字

句出宋·贺铸《减字浣溪沙》词："楼角初销一缕霞,淡黄杨柳暗栖鸦,玉人和月摘梅花"。

红先胜

1. 兵三平四　　将4退1

2. 炮二进一　　士5进6①

3. 马六进五　　将4进1

4. 兵六进一　　将4平5

5. 炮二退一　　士6退5

6. 炮四进一　　将5平6

7. 前车平四　　将6平5

8. 车四平五　　将5平6

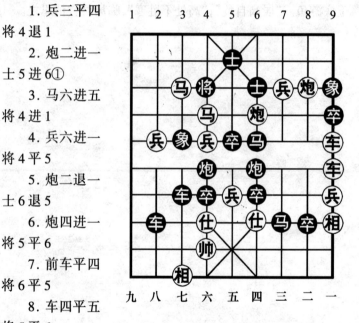

9. 车五平四　　将6平5　　　10. 兵六平五　　将5平4

11. 车四平六　　**红胜**

注:

① 如不吃兵,另有两种着法:

甲、士5进4，兵四进一，士4退5，马六进四，象3退5，（将4进1，炮二退一）兵四平五，将4进1，兵六进一，红速胜。

乙、如将4进1，则兵四平五，将4平5，马六进七，将5平6，炮四退二，马7退6，前车平四，红速胜。

结语

本局第3回合红马六进五照将，由于另一红马切断黑将退路，造成黑将有家归不得，只好亡命天涯，成为任人宰割的釜底游鱼。"居高自危"，"高处不胜寒"，临局时宜慎思之。

第14局　平沙万里——"平"字

局名取自唐·岑参《碛中作》诗："今夜不知何处宿,平沙万里绝人烟"。

红先胜

1. 车五进一　将5平6①

2. 兵二平三　将6退1

3. 车五进二　士4进5②

4. 前兵进一　将6退1

5. 前兵进一　炮5平7③

6. 车二平三　将6进1

7. 马四进六　士5进4

8. 车三退一　将6退1④

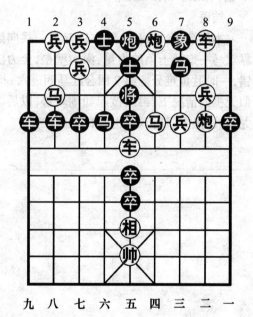

9. 马八进六　士6退5　　10. 车三进一　将6进1

11. 马六退五　将6进1　　12. 车三退二　**红胜**

注:

① 如改将5平4,则车五平六,将4平5,马四进三,将5

平6,车六平四,红速胜。

②如改将6退1,则车五进一,马7退5,马八进六,士4进5,车二平三,将6进1,马六退五,红速胜。

③如改将6进1,则车二退一,将6进1,马八退六,将6平5,车二平五,红胜。

④如改将6进1,则马八退六,将6平5,马六退四,将5平6,兵三进一,红速胜。

结语

本局第1~6回合,红方以双车一兵向黑方冲击,黑方依靠双马一炮及士象的力量,深沟壁垒,全力防守,形势犬牙交错,一时胜负难分。第7回合红马四进六一着奇兀诡谲,在看似无棋的情况下,再次掀起如潮攻势,以后车马配合,矫若游龙戏波,黑方虽有双车也鞭长莫及。

第15局 反客为主——"反"字

兵法《三十六计》中第三十计："反客为主"。

红先胜

1. 兵七进一
将4平5①

2. 炮九进六
士5进4

3. 兵七平六
将5退1②

4. 车七进三
将5退1

5. 车七进一
将5进1

6. 马二进三
炮6退2

7. 兵六进一
将5平4

8. 车七退一
将4退1

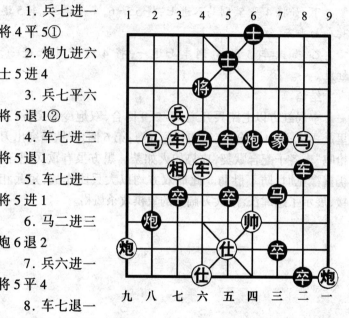

9. 炮一进九　车8退5　10. 车七进一　将4进1

11. 马三进四　车8平6③　12. 车七退一　将4进1

13. 马八进七　炮2退5　14. 马七退六　炮2进2

15. 马六进七　**红胜**

29

注：

① 如改将4退1，则兵七进一，将4退1，炮一进九，红胜。

② 如改将5平4，则马八进七，将4退1，马七进八，将4平5，车七进三，将5进1，马八退七，炮2退3，马七退六，红胜。

③ 如不走车8平6去马，另有两种着法亦负：

甲、如将4平5，则马八进七，将5平6，车七退一，车5退3，车七平五，红胜。

乙、如改车5退4，则车七退一，将4进1，车六进一，红胜。

结语

本局红方以七路兵开道，第2、9回合，双炮冷箭突发，万里赴戎机；第4回合，红车如蛟龙入海；第6回合"铁骑突出刀枪鸣"。各子配合默契，攻势如火如荼。黑方虽有重兵把守，仍捉襟见肘，防不胜防。此局双方均以大兵团作战，短兵相接，展示了恣肆汪洋、大刀阔斧的象棋攻杀风格。

第16局　对酒当歌——"对"字

语出魏·曹操《短歌行》："对酒当歌，人生几何"。

红先胜

1. 马七退六
将5退1

2. 马六进五
将5平4

3. 炮五平六
将4平5①

4. 马二退四
将5退1

5. 马四进三
将5进1

6. 炮六平五
将5平4

7. 马五进四
将4平5②

8. 马三退五
将5平6

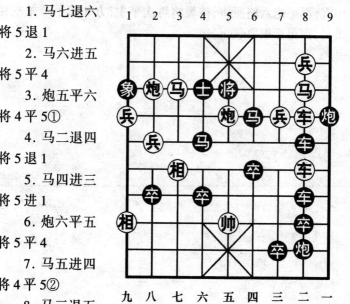

9. 车二平四　后车平6　　10. 车四进一　**红胜**

注：

① 如改士4退5，则炮八平六，将4进1，马二退四，将4退1，马五退七，将4退1，马四进六，红胜。

② 如改将4退1，则炮五平六，士4退5，炮八平六，亦胜。

31

结语:

本局红双马矫如游龙,翻若飞鸿,步罡踏斗,纵跃自如,轻盈飘逸,美妙至极。反观黑方别说还手,连招架都力不从心。盘中黑子都如同贴上定身符般动弹不得,惟有黑将像没头苍蝇似的东碰西撞,此亦堪称一奇。

此外,红方行棋秩序井然,第2回合暂不吃黑马,先马跳中宫,再平炮六路照将,待黑将再次平中,方才顺手牵羊吃掉黑马,深得弈棋要领。

第17局　百战百胜——"战"字

语出《孙子·谋攻》："百战百胜,非善之善者也;不战而屈人之兵,善之善者也"。

红先胜

1. 兵四进一
将6平5

2. 兵四平五
象3退5①

3. 兵六进一
将5平4

4. 兵七平六
将4平5

5. 兵六平五
马3退5

6. 马七退六
将5平6

7. 兵三平四
炮6退2

8. 兵四进一
马8退6

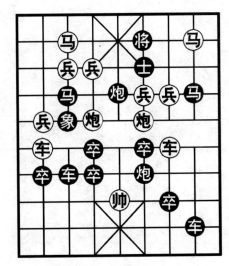

9. 车三进四　将6退1　　10. 车三进一　将6进1

11. 马二退三　**红胜**

注:

①如改马3退5,则兵六进一,将5平4,兵七平六,将4

33

平5,兵六进一,将5平6,兵三平四,炮6退2,兵四进一,马8退6,车三进四,将6退1,车三进一,将6进1,马二退三,红胜。

结语

本局四枚红兵前仆后继,全部捐躯,令人顿生"相看白刃雪纷纷,死节从来不顾勋"之慨。终局红车双马横刀笑傲,黑将则成瓮中之鳖。

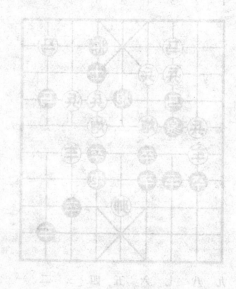

第 18 局　争收翠羽——“争”字

局名取自宋·柳永《破阵乐》词:“别有盈盈游女,各委明珠,争收翠羽,相将归远”。

红先胜

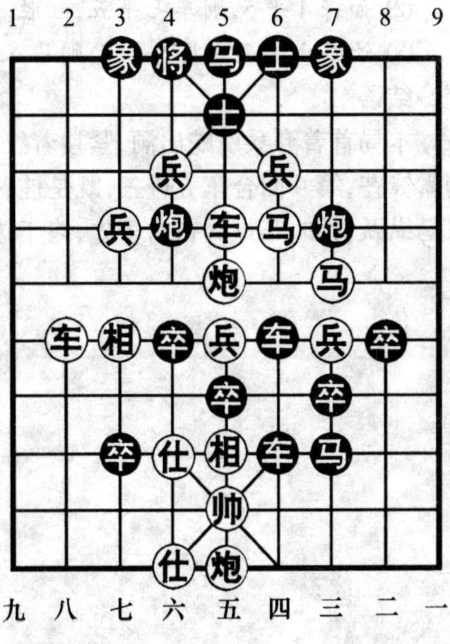

1. 兵六进一　将 4 进 1
2. 车八进四　马 5 进 3①
3. 炮五平六　士 5 进 4
4. 车八平七　将 4 退 1
5. 车七进一　将 4 进 1
6. 车七退一　将 4 退 1
7. 车五进三　将 4 平 5
8. 马四进六　将 5 平 4
9. 车七进一　将 4 进 1
10. 马三进五　象 7 进 5②
11. 马六进八　将 4 平 5
12. 兵四平五　将 5 进 1③
13. 炮六平五　将 5 平 6
14. 车七平四　**红胜**

注:

① 跳出篡位马,企图让黑将多些周旋余地。如直接走将
4退1,则炮五平六,士5进4,车五进三,将4平5,马四进六,
将5平4,马六进七,将4平5(如炮4平6则兵七平六,将4平
5,马七退六,将5平4,兵六平五,红胜),马七退六,将5平4,
车八进一,将4进1,马三进五,象7进5,马六进八,将4平5,
兵四平五,将5进1,炮六平五,将5平4,车八平四,红胜。

② 如将4平5,则车七平五,红胜。

③ 饮鸩止渴。如将5平6,则马八进六,红胜。

结语

本局首着弃兵引蛇出洞,紧接着红车挥戈掩杀,炮五平六
初露锋芒,第9回合车五进三,既是佳着又是入局要领。此后
双马纵跃自如,车炮兵奋勇争先,终于拔旗易帜,班师凯旋。

第 19 局 玉体横陈——"体"字

句出唐李商隐《北齐》诗："小怜玉体横陈夜,已报周师入晋阳"。

红先胜

1. 兵四进一
将6退1

2. 兵四进一
将6平5①

3. 炮三平五
炮1平5

4. 兵五进一
士4退5

5. 兵四平五
将5平6

6. 兵五进一
将6进1

7. 兵三进一
将6进1

8. 马八进六
炮5退2

9. 马二退三	将6平5			10. 马六退五	将5平4			
11. 马五退七	将4平5			12. 炮五进三	卒6平5			
13. 车七平五	卒4平5			14. 车五进一	**红胜**			

37

注：

① 如改将 6 进 1,则兵三进一,将 6 退 1,兵三平四,将 6 平 5,炮三平五,炮 1 平 5,兵五进一,士 4 退 5,兵四平五,将 5 平 6,兵五进一,红速胜。

结语

本局着法,跌宕多姿,曲折有致。前半部分完全是兵在唱主角。试看,红兵居高临下,分头并进,追亡逐北,犁庭扫穴,勇冠三军。后半部分,双马奔腾跳跃,威风八面,封死黑将逃生之路。待时机成熟,红车白鹤亮翅,批亢捣虚,威力无比,"炮五进三"一着,如雷发九天,终于直捣黄龙。

第20局　春风煦育——"育"字

局名取自《菜根谭》(作者明·洪应明)一书:"念头宽厚的如春风煦育,万物遭之而生"。

红先胜

1. 前兵平五
将5平6

2. 前兵进一
将6进1

3. 兵四进一
将6进1

4. 后兵进一
将6退1

5. 前车进一
卒5平6①

6. 车四进二
马7进6

7. 炮五平四
马6退7

8. 马六进四
马5退6②

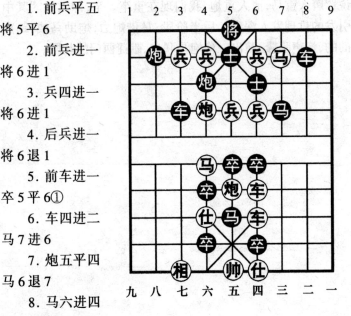

9. 马四退二　马6退8　　10. 马三退四　马7进6

11. 马四进二　**红胜**

注

① 如改马7进6,则炮五平四,马4进2,炮四退二,卒5

39

平6,车四进二,红速胜。

② 如马7进6,则马四退二,马6退5,马三退四,后马退6,马二进三,亦红胜。

结语

本局同上局如出一辙,前几回合,红兵仍然功居至伟,赴汤蹈火,奋不顾身,令人肃然起敬。这使我们不由想起一段棋坛轶事:抗日战争时期,周恩来总理在重庆与象棋大师对弈时说:"唐人重马,清人重炮,我们现在重卒。卒,即人民。"其中引发的哲理发人深省。后半阶段,马借炮力,炮助马威,蹄声的的,炮声隆隆,演出一幕炮马联攻、献捷西门的壮剧。

第21局 清风屠热——"热"字

语本出自宋·王令诗《暑旱苦热》"清风无力屠得热，落日着翅飞上山"。今反其意而用之。屠，消除。

红先胜

1. 兵四进一
将6平5

2. 兵五进一
象3退5

3. 兵四平五
将5平4①

4. 车七平六
车4退2

5. 兵五平六
将4进1

6. 兵七进一
将4退1

7. 兵七平六
将4进1

8. 兵八平七
将4退1

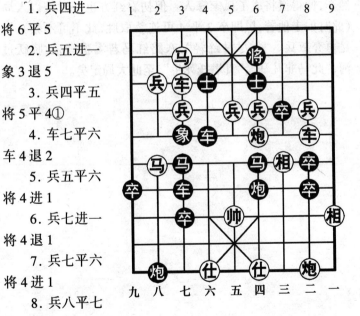

9. 兵七平六　将4进1　　10. 马七进五　将4退1

11. 马八进七　将4退1　　12. 马七进八　将4进1

13. 马五退四　**红胜**

41

注

① 如改将 5 平 6,则兵五平四,将 6 进 1,炮四退二。车 3 平 6,(如改马 6 退 5,则车二平四,红速胜。)马七进五,将 6 退 1,马五退六,将 6 进 1,马六进五,将 6 退 1,车七平四,红速胜。

结语

本局红方以双兵一车的代价毁去黑方双士一象,并吃掉黑车,使得黑将成了孤家寡人。但初看红方也一时难以入局(此时如走他着,黑即卒 3 平 4 可连杀取胜,此不可不察),于是再弃双兵。"雪尽马蹄轻",八路红马若渴骥奔泉,腾跃过河,"此马非凡马","真堪托死生",至此大局定矣。

第22局 万户千门——"万"字

句出唐·韦庄诗《洛阳吟》:"万户千门夕照边,开元时节旧风烟"。

红先胜

1. 马二进三
后炮平6

2. 炮一平三
将5进1

3. 马八退七
将5平4①

4. 车九退一
车2退7

5. 车九平八
马4退3②

6. 车八平七
炮6平3

7. 炮二退一
士6进5③

8. 马三进五④
将4进1

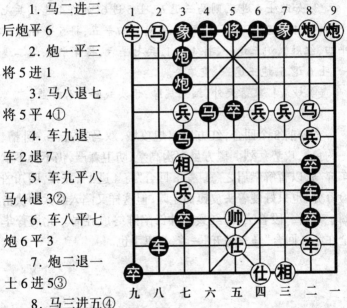

9. 兵七平六　将4平5　10. 兵六平五　马3退5

11. 兵四平五　将5平6　12. 车二平四　车8平6

13. 车四进二　**红胜**

注

① 如改将 5 进 1，则兵四进一，将 5 平 4(如将 5 平 6，则兵三进一，将 6 平 5，炮二退二红速胜)，兵七平六，将 4 退 1，车九退一，炮 4 平 1，炮二退一，士 6 进 5，马三进五，士 5 进 6，炮三退一，红速胜。

② 黑方献车，献马垫将，希图黑炮能守住 3 路线，蹩住红七路马脚，争取为黑将多留些活动余地，用心也可谓良苦。

③ 如改士 4 进 5，则马三退五，士 5 进 6(如将 4 进 1，兵七平六，将 4 平 5，兵六平五，马 3 退 5，兵四平五，将 5 平 6，车二平四，红胜)，炮三退一，将 4 进 1，兵七平六，将 4 平 5，炮二退一，士 6 退 5，炮三退一，重炮杀。

④ 妙着！象落天外，细细揣摩，于实战必大有裨益。

结语

本局前 8 个回合，红方以双炮攻城，双马夹击，(一卧槽、一钓鱼)，攻势猛烈。黑方虽深沟高垒，防卫森严，仍不得不献车弃马，以暂解燃眉之急。第 8 回合"将 4 进 1"，登顶，明知凶险万分，也只好硬着头皮铤而走险，但这样又陷入红兵的伏击圈。末后一段着法，以红兵的冲锋陷阵终成胜局。此局菁华全在第 8 回合"马三进五"一着，真鬼手也。

第23局 天马行空——"马"字

句出元·刘廷振《萨天锡诗集序》："其所以神化而超出于
众表者,殆犹天马行空而步骤不凡"。本局中红双马盘旋,控
制黑将,妙手入局。

红先胜

1. 兵六进一①

将4退1

2. 兵六进一②

将4退1

3. 兵四平五③

将4平5

4. 车四平三④

将5平6

5. 马五进六⑤

将6退1

6. 车三进二

红胜

注

① 首着进兵杀

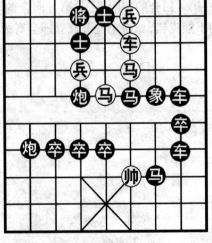

士,必走之着。如
兵四平五,则士4退5,兵六进一,将4退1;以后红方再无其
他续攻手段,黑胜定。

② 再进兵好棋,引上黑将好让四路兵舍身取士,为车双
马做杀奠定基础。

45

③ 再弃兵正确，为车双马做杀扫清障碍。

④ 选点准确，车平三路是最佳位置。

⑤ 此时有进四路马与五路马的选择，两路着法大相径庭：马四进六叫将，黑方可以退象垫将，红方将无法取胜而反败；而进五路马叫将，黑方只能走将 6 退 1，红方可进车叫将而取胜。

结语

这是一则小巧玲珑、短小精悍的棋局。虽然仅短短的 6 个回合，却体现了双方算度之深远，稍有不慎，即会出现一方速胜或另一方溃败的局面。如第 1 回合的兵六进一与将四退一，第 4 回合的车四平三，第五回合的马六进五等，这些着法均不能走错，如误走他着就立即会有灭顶之灾。

第24局 竞奏新声——"竞"字

局名取自宋·柳永词《木兰花慢》："风暖繁弦脆管,万家竞奏新声"。

红先胜

1. 兵四平五　士4退5

2. 兵六平五　将5进1

3. 兵七平六　将5退1

4. 兵六进一　将5进1

5. 兵三平四①　车6退1

6. 兵五进一　将5进1

7. 车六进一　将5退1

8. 马五进四　前卒平5

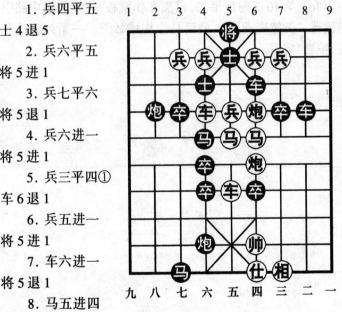

9. 车六进一　将5进1　　10. 前炮平二　马4退6

11. 炮二进一　将5平6　　12. 马四进六　将6平5

13. 马六进四　**红胜**

47

注

① 送兵喂吃，见缝插针，引离黑车撤离要道，妙极、恶极。

结语

本局字体形象逼真，全局过程波澜壮阔，马借炮力，炮助马威，巧手妙着层出不穷。红方先以双兵毁去黑方双士，使其境内狼烟四起，接着红兵衔枚疾进，冲至底线，断黑将归路，第5、第6回合连续两着弃兵，迫黑将悬空，第8着跳马弃车，无中生有。第10着前炮平二，以黑车作跳板，将攻势由中路引向侧翼，"天堑变通途"，最后马炮构成妙杀。一系列着法紧凑、精彩、实用。

第25局　张弓簸旗——"张"字

张弓,开弓也。簸旗,即摇旗。句出唐·白居易《新丰折臂翁》诗:"张弓簸旗俱不堪,从兹始免征云南"。

红先胜

1. 兵四进一　将6退1
2. 炮二平四　将6平5
3. 车六平五　马4退5
4. 车七平五　象7退5
5. 车五进一　士4退5
6. 兵六平五　车8平5
7. 马八进六　将5平4
8. 炮八平六　马6退4
9. 炮四平六　车5平4　　10. 兵七平六　**红胜**

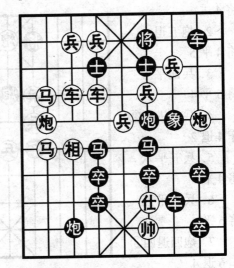

结语

本局着法虽不曲折深奥,却雄健有力。"马八进六"一着,犹如飞将军自天而降,有此一着,黑方败局已定。

49

第26局 挽弓射狼——"弓"字

语出宋·苏轼《江城子·密州出猎》:"会挽雕弓如满月,西北望,射天狼"。

红先和

1. 前兵进一①
将4进1

2. 炮五退一
将4平5

3. 兵四平五
将5平4

4. 兵六进一②
车4退2

5. 兵五平六
将4平5

6. 兵六平五
将5平4

7. 炮四退四③
车6退4

8. 炮四进三
车6平8

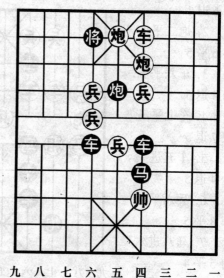

九 八 七 六 五 四 三 二 一

9. 后兵进一　车8进3　　10. 前兵平六　将4退1

11. 兵五进一　车8平6　　12. 帅四平五　车6平5

13. 帅五平四　将4平5　　14. 炮四平三　**和**

50

注

① 弃兵引将,关键之着,如误走炮五退一,将4退1,车四进一,将4进1,前兵进一,将4平5,红无杀着,黑胜。

② 如改走车四平五,则马6进8,帅四平五,车6平5,帅五平四,车4进2,黑胜。

③ 以车换马无奈,如车四平五,则马6退4叫将杀,黑胜。

结语

本局首着弃兵引将是关键着法,红方另有一种变化也是输棋:如炮四退三,车4进2,帅四退一,马6进8,帅四退一,车4进2,黑胜。所以对于排局,必须正确审局,特别是有几种选择时,千万不能被假象所迷惑,一定要多加分析,找出正确的途径,才能立于不败之地。局末形成炮双兵战和单车,这在实战中经常可碰到,可作借鉴。

第27局　玉阶伫立——"立"字

句出唐·李白词《菩萨蛮》。"玉阶空伫立，宿鸟归飞急。何处是归程，长亭更短亭"。

红先和

1. 车四平五　将5平4

2. 炮四平六①　前卒进1

3. 马四退六　卒7平6

4. 帅五退一　前车平4

5. 炮六退二　车4退2

6. 车五平七　车4退1

7. 兵四平五　车4进4

8. 帅五退一　卒6平5

一	二	三	四	五	六	七	八	九

9. 马三进四　将4平5

10. 兵五进一　将5平6　　11. 兵五进一　将6平5

12. 马四退三②　将5平4　　13. 马三退五　将4退1

14. 马五进四　将4平5　　15. 车七平五　将5平6

16. 车五退四　将6进1　　**和**

52

注

① 如改走炮六退二,则炮4退2,炮四平七,车3平5,黑方多子胜定。另如改走车五进一,将4退1,炮六退二,炮4退2,炮四平七,车3进4,帅五退一,卒7平6,马四进六,车3进1,帅五退一,卒6进1,车五平六,将4进1,兵六进一,将4退1,马六进七,将4退1,马七进八,车3退7,马八退七,车3平1,黑胜。

② 如改走车七平五,将5平6,车五退四,将6退1,车五进二,炮6退3,红车守中和。

结语

本局虽然没有浓浓的火药味,但因其着法复杂多变,却也充满了神奇美妙的快感,第二着红炮四平六兑炮,使黑方后卒失根,不得不平车吃马保卒。之后双方大量换子简化局势而成和。

本局最大的特点是没有冗子,且以和局告终。特别是红车占中守和车炮的阵式对初学者具有实战指导意义。

第28局　马不停蹄——"马"字

句出自元·王实甫《丽堂春》："赢的他急难措手,打的他马不停蹄"。

红先胜

1. 马五进三
将5平6

2. 车三平四
炮3平6

3. 车四进三
士5进6

4. 炮二平四
士6退5

5. 马三进四
士5进6

6. 马四进五
士6退5

7. 马五进四
将6平5①

8. 马四退三
将5平6

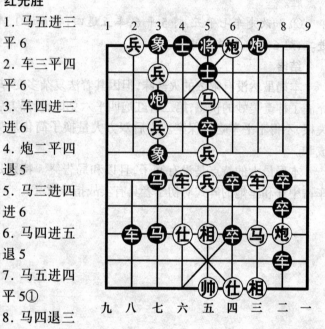

9. 后马退四	士5进6	10. 马四进二	士6退5
11. 马二进四	士5进6	12. 车六进五	炮7平4
13. 马四进六	士6退5	14. 马三退四	士5进6
15. 马四退二	士6退5	16. 马二进三	**红胜**

注

① 如改将6进1,则马三退四,士5进6,马四进二,将6平5,马二进三,将5退1,马三退四,将5进1,前兵七平六,将5进1,前兵进一,将5平6,车六进三,象3退5,前兵平四,红胜。

结语

本局特色有二:一是全盘由32个子构成,错落有致,自然成型。二是运用借炮使马的杀法,这在字形排局中比较少见。

首着进马将军逼黑将出逃,继而弃车杀炮,风樯阵马,马仗炮威,神驹腾骧,莲花步步,满枰春色。至第12回合弃余下一车,移步换形,卧槽马腾挪至士角位置,遥控将位与另一铁骑形成钓鱼并完成杀局。综观全局,气象万千,绚丽多姿、主题鲜明、节奏明快、韵味丰足,既具云天浩瀚、翻江倒海的恢宏磅礴之壮美,也不失细针密织、丝丝入扣的缜密细腻,洵为字形排局中佳构之一。

第29局 鸾翔庆霄——"庆"字

局名出自唐·权德舆《齐成公碑铭》："鹏起扶摇,鸾翔庆霄"。庆霄,此指天空。

红先胜

1. 兵五进一 将5退1①

2. 兵五进一 将5平6

3. 兵五进一 将6进1

4. 兵四进一 将6进1

5. 兵三进一 将6退1

6. 兵三进一 将6进1

7. 车五平四 将6平5

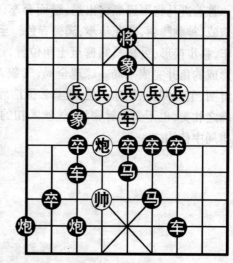

8. 兵六进一② 将5平4

9. 车四进二 将4退1　10. 兵七平六 将4平5

11. 兵三平四 将5退1　12. 车四平五 **红胜**

注

① 如改走将5平6,则兵四进一,将6退1,兵四进一,将

56

6进1(如将6平5,则兵五进一杀),车五平四,红速胜。

②献兵好棋。由此进入杀门。

结语

本局五个红兵在红车的掩护下,人人奋勇,个个争先,特别是五路兵首先冲锋陷阵,直逼将府,切断了黑将归路。继而四路兵英勇献身,引领三路兵奋勇向前,在右翼埋下定时炸弹。接着六路兵相继捐躯,引领七路兵向中路靠拢。黑将在红方炮火的猛烈攻击下,不得不向中路逃窜,最后五路兵英勇牺牲,黑将也同时在自己的宝座上寿终正寝。

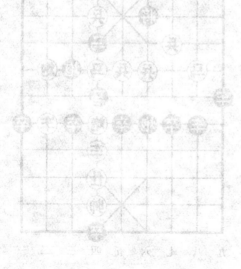

第30局　老牛奋蹄——"牛"字

禽畜类中,鸡司晨,犬守夜,雁传书。功劳之大,不能不谓牛。汉文帝题《春牛图》云:"耕破陇云,既忠且勤,民资粒食,兽里元勋"。

牛是力量的象征,勤勤恳恳、无私奉献的楷模,同时还是温顺老实、吃苦耐劳的典范。宋·李纲《病牛》有"但求众生皆得饱,不辞羸病卧残阳。"这既是诗人们对牛品格的赞美,也是作者以牛为座右铭的自况。

红先胜

1. 兵七进一　将4退1

2. 兵七进一　将4平5

3. 马八进七　后马退4

4. 兵四平五　将5平6

5. 马四进三　马6退8①

6. 炮四平六　卒5平6

7. 车四进一　卒7平6

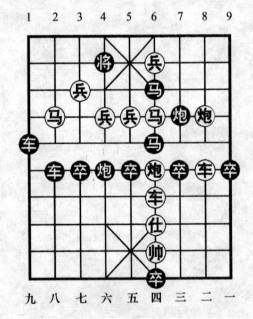

8. 车二平四　车1平6　　9. 车四进一　炮7平6

58

10．车四进一　马8退6　　11．车四进一　**红胜**

注

①甲、改炮4平6,则前兵进一,将6进1,炮二进二,将6进1,后兵进一,马6退5,车二进三,炮7退1,车二平三,红速胜。乙、如改马6退7,则前兵进一,将6进1,炮二进二,将6进1,后兵进一,红速胜。

结语

本局红方双车双马双炮四兵全军出动,个个奋勇争先,到最后由四路线上杀开一条血路,尽管黑方车马炮前后相继抵挡,也顶不住红车的强大威力,最后不得不签订城下之盟。

第31局　羝羊触藩——"羊"字

《易经·大壮》羝羊触藩,赢其角。羝羊:公羊。藩:篱笆。公羊抵撞篱笆,篱笆把角缠住,羊进退不得。局中黑将在红方诸子环伺攻击下,犹如羝羊触藩,故以之命名。

红先胜

1. 兵七进一　将4退1

2. 兵七进一　将4进1

3. 前兵平五　将4平5

4. 兵四进一　将5平6

5. 前车平四　车6退2

6. 炮五进一　将6进1

7. 兵五平四　车6退1

8. 车五进三　将6退1

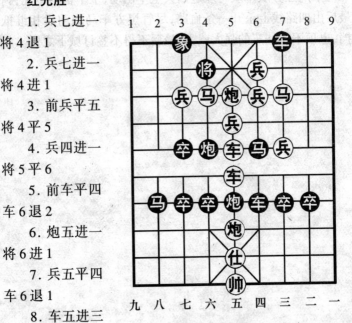

9. 车五退一　将6进1　　10. 车五平四　**红胜**

结语

本局红方先连续走兵控制底线,再弃兵造成双马左右夹

60

击之势,缩小黑将活动范围。兵五平四一着犹如空穴来风,实为获胜关键,迫使黑车不得不回吃,于是红中路车车路畅通,如不弃掉此兵,便无法宫顶照将,直捣黄龙。这些细微之处,读者须当细心体味。

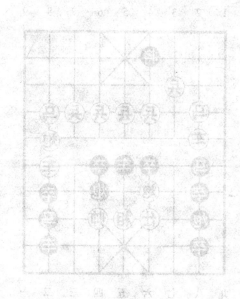

第32局 葵花向日——"向"字

句出自宋·司马光《初夏》诗:"更无柳絮因风起,惟有葵花向日倾"。

红先胜

1. 兵六进一
将4退1①

2. 炮二平六
马2退4

3. 炮六进二
将4平5

4. 马二进三
将5进1②

5. 兵六平五
将5平6

6. 炮六平四
炮6退2

7. 兵四进一
将6退1

8. 车二进五

注

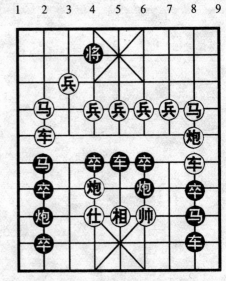

① 如改将4平5,则兵六平五,将5平6,前兵平四,将6平5,前兵进一,将5平6,马八进六,将6平5,车八进三,红胜。

② 如改将5平6,则马三退五,将6平5,马二进三,将5

62

进1,车二进三,红胜。

结语

本局布子生动有趣,五兵逼宫,马炮环伺,虎视眈眈,而威力最大的红车,却因己方子力的堵塞,英雄无用武之地,仅倚仗前方马炮兵诸子的迂回抄袭,左右夹击,竟能巧妙地避开黑车的封锁线,置黑将于死地,此一奇也;红车虽始终长剑未出鞘,却有着一股含而不露、威震敌胆的咄咄逼人之气,此二奇也。

第33局　百年生计——"百"字

局名取自唐·张祜《所居即事六首》其五,诗句:"自向庐山为一社,百年生计任婴儿"。

红先胜

1. 兵三平四
将5平6

2. 前兵平六
将6进1

3. 前车平四
炮4平6

4. 车四进一
将6进1

5. 马四进三
将6退1

6. 马三进二
将6进1

7. 炮八退二
炮5进1

8. 车三平四
卒5平6

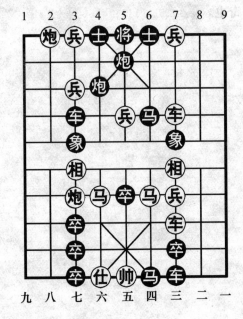

9. 兵五进一　象3退5　　10. 车四进一　车3平6

11. 车四进三　**红胜**

结语

本局给人的感觉是跨度大,子力结构繁多,局面蔚为壮

64

观,体现"百"字的寓意。其着法也颇有值得称道之处,如前几回合,红方弃兵弃车,摧毁对方藩篱;把黑方阵营捣得支离破碎,逼使黑将高悬,目的只有一个,为红马出击创造条件。此马一旦腾空飞跃,身价倍增,四蹄生辉,局面顿然改观。且为蛰伏已久,整装待命的红车让出通道,至此似乎胜负已决。不料黑卒5平6,解将还将,反戈一击,我们的心为之一悬,红方则从容应对,兵五进一,吃去黑炮,解除对己方的将军威胁,再进车吃卒还以颜色。至此,黑方则回天乏术矣。

第34局　碧草含情——"草"字

句出唐·温庭筠诗《汉皇迎春词》:"碧草含情杏花喜,上林莺啭游丝起"。

红先胜

1. 炮五退一①　士4进5②

2. 车四进一　将6进1

3. 兵三进一　将6退1

4. 兵三进一　将6退1③

5. 兵三进一　将6进1

6. 马五进三　将6进1

7. 兵五平四　将6平5

8. 兵四进一　将5平6

9. 车六平四　将6平5　　10. 车四平七　将5平6

11. 车七平四　将6平5　　12. 车四退一　**红胜**

注

① 退炮而不吃马甚妙,挡住黑方车路,为己方以车杀士

66

留下伏笔。

②如改将4退1,则车四进一,将6平5,炮七进一,红速胜。

③如将6进1,则兵五平四,将6平5,车六进一,仕5进4,马五进七,红胜。

结语

本局"炮五退一"一着,犹如白鹤亮翅,立意高远。第二着红车杀士后,黑将高悬,岌岌可危,极易诱人入彀,骤看红方有多种杀法,但经慎思细察后,乃知惟有局中着法方为正变。可见拟局者手段高明。局虽以"草"字为形,构思却严谨缜密,没有一丝"草率"。

第35局 长忆故人——"忆"字

李白和杜甫这两位中国文学史上伟大的诗人,其真挚感人的友情,一直是后世津津乐道的趣题佳话。局名即取自唐·杜甫《梦李白》的诗句:"故人入我梦,明我长相忆"。

红先胜

1. 炮五退二
将5平4

2. 兵七进一
将4退1

3. 马二进四
象3退5

4. 兵七平六
将4进1①

5. 马四退五
将4退1

6. 马五进七
炮3退3

7. 马八进七
将4平5②

8. 车五进五
将5平6

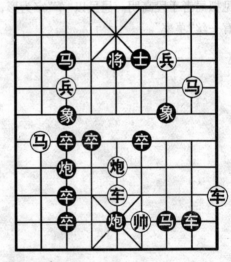

9. 兵三进一　将6退1　　10. 马七进六　**红胜**

注

① 如改将4退1或将4平5,则动一路车照将即胜。

68

② 如将 4 进 1，则马七进八，将 4 退 1，车一进六，亦胜。

结语

本局红方以车炮翻将一着遥控中路，立使黑将陷入四面楚歌、十面埋伏之中，接下来红兵杀马照将，旨在为己方双马开通马路；最后右翼蛰伏已久的红兵轻轻一移，再辅以犹如当头棒喝的进马将军，终于大功告成。一系列着法有条而不紊，舒缓却不失节奏，弈来颇具情趣。

第36局 闽山苍碧——"闽"字

句出毛泽东《渔家傲》词："赣水苍茫闽山碧,横扫千军如卷席"。

红先胜

1. 兵七平六 将5退1

2. 兵六平五 将5进1①

3. 前车进二 将5退1

4. 前车平五 将5进1

5. 马八退七② 将5退1

6. 车九进四 将5退1

7. 马七进五 后车平5

8. 马五进七 将5平4

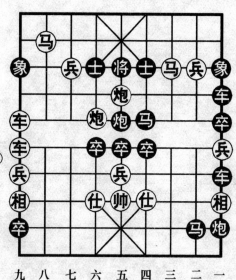

9. 车九进一 将4进1 10. 马七退六 **红胜**

注

① 如改将5平4,则马八退六,又如将5平6,则马八进六,均为红速胜。

70

② 先后次序不能错,如先进车照将,红马自阻车路,红攻势全消,功亏一篑,反为黑胜。

结语

本局杀着虽无精彩可言,但因"闽"字排局,在国内外象棋书刊中尚未见到有人创作,敝帚自珍,姑且选登。

纵观红方连续弃兵、弃车,继而弃炮,前仆后继,勇往直前,真有"三军甲马不知数,但见银山动地来"的气壮山河场面。

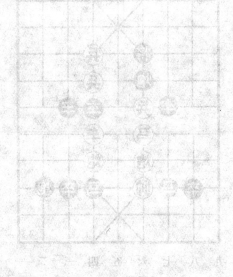

第 37 局　北风驱马——"北"字

句出唐·柳中庸《河阳桥送别》"若傍阑干千里望,北风驱马雨萧萧"。

红先胜

1. 兵六进一
将 4 退 1

2. 兵六进一①
将 4 退 1②

3. 兵六进一
将 4 平 5

4. 车四平五
车 6 平 5

5. 车五进一
车 7 平 5

6. 兵六进一
将 5 进 1

7. 前兵进一
将 5 进 1

8. 后兵进一
将 5 平 6

9. 马六进四　马后炮杀

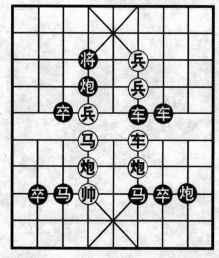

红胜

注

① 红方连续进兵,暗寓先遣部队挥师挺进北伐,实乃点

72

题之笔。如改走马六进四叫将，则马6退4反将，黑方胜定。

②如改走将4平5则车四平五(如兵六平五，将5退1，炮四平五，将5平6，前兵进一，将6进1，兵四进一，将6退1，兵四进一，车6退3，红方无杀着，黑胜定。)车6平5，车五进一，车7平5，以后红兵两路进击，最后马后炮杀着，其着法基本同正变。

③如改走兵六进一则将5平6，兵四进一，将4进1，马六进五，将6退1，马五进六，将6进1，兵四进一，车6退2，以后红将黔驴技穷，再无其他攻着，黑方胜定。

结语

本局红方兵分两路挥师北伐，但须讲究策略，徐图进取，才能立于不败之地。第4回合红若继续进兵，则欲速而不达，反遭败北。此局第4回合平车叫将，引开6路黑车邀兑是非常关键的一步，这样，四、六路红兵可在红炮的掩护下挥师挺进。最后一着，马跃檀溪，构成马后炮杀着，点明题旨。

第38局　唐哉皇哉——"唐"字

句出《文选·班固〈典引〉》："汪汪乎丕大之大律,其畴能互亘之哉? 唐哉皇哉! 唐哉皇哉!"原意是谁能终成大法,只有唐尧和汉朝,汉朝和唐尧。后来用以形容规模宏伟,气势盛大。

红先胜

1. 前兵平五① 后炮退2

2. 兵六进一② 将5平4③

3. 兵七平六 将4进1④

4. 马七进八 将4退1⑤

5. 炮九进四 象5退3

6. 马八退七 将4进1

7. 马六进四 炮5退2

8. 前车进一 马2进4

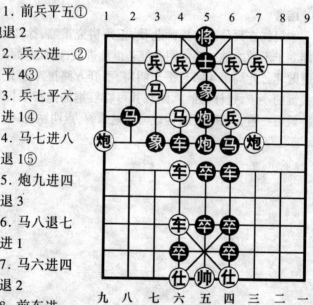

9. 车六进三　马6退4　　10. 车六进一　**红胜**

注:

① "摧其坚,夺其魁"。弃兵破士,战斗号角由此吹响。

② 如改兵六平五,则炮 5 退 3,马六进四,炮 5 平 6,红无续攻手段,黑胜。

③ 如改将 5 平 6,则炮九进四,炮 5 退 1,兵六平五,将 6 平 5,兵七进一,红胜。

④ 不得不吃,如改将 4 平 5,则兵六进一,将 5 平 6,炮九进四,炮 5 退 1,兵六平五,将 6 平 5,炮三平五,将 5 平 6,马七进六,象 5 退 3,兵三平四,将 6 平 5,马六退五,双将杀,红胜。

⑤ 如改将 4 进 1,则炮九平六,马 2 进四,炮三进二,象 5 退 3,马六进四,前炮退 2,前车进一,马 6 退 4,前车进一,红胜。

结语

本局前 3 个回合,红方连弃三兵,把黑将引到绝路狭谷,集中优势兵力围而歼之,第 7 回合前六路红马雄踞六路多时,一直勒缰不发,此时方才翻腾亮蹄,然而"醉翁之意不在酒",实为红车进击让道。真是:"将军欲以巧胜人,盘马弯弓故不发。"至此,已胜券在握。

第39局 胡姬当垆——"胡"字

句出汉《乐府诗集》辛延年诗《羽林郎》:"胡姬年十五,春日独当垆"。胡姬,指一个卖酒的少数民族女子;当垆,即卖酒。

红先胜

1. 前兵平三
将6退1

2. 马七进六
将6平5

3. 车七进二
将5退1

4. 炮八进三
将5平4

5. 车七进一
将4进1

6. 兵六进一
将4平5①

7. 兵六进一
将5平4

8. 车四平六
将4平5

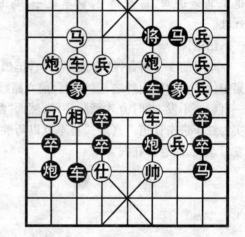

9. 车六平五　车6平5　　10. 车五进一　象3退5
11. 车七退一　将5退1　　12. 车五进二　将5平4
13. 车七进一　将4进1　　14. 马八进七

76

注

① 如改将 4 进 1,则车四平六,将 4 平 5,车七平五,红速胜。

结语

诗是无形画,画是有形诗。象棋领域图形与着法的关系有如诗歌与绘画,两者相辅相成、相映成趣。是局图形清丽、韵味浓郁,着法尚精彩动人,用诗画之间关系的尺子来衡量,"相得益彰"的评语还说得过去。

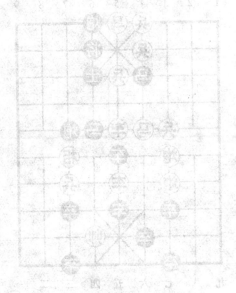

第40局　伍员吹箫——"员"字

伍员,名子胥,春秋时楚人,父兄都被楚平王杀害。员"橐载而出昭关",途中"无以糊其口,膝行蒲伏,稽首肉坦",鼓腹吹箫,乞食于吴市。

红先胜

1. 兵五进一
士6退5

2. 前车进三
后车退4

3. 后兵平五
将6进1

4. 车五进四
车5退5

5. 前炮平四①
马6进4

6. 炮七平四
马4进6

7. 马六进四
炮7平6

8. 马四进二
炮6平5

9. 马二进三　**红胜**

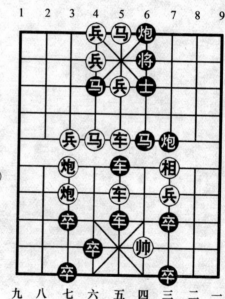

注

① 拦江截斗,迎头照将,满杆顿见春色,由此马炮逞威。

78

结语

本局两只红车以投身饲虎的代价，换来红炮的雪花盖顶，劈头盖脸的一将，立使黑方阵脚大乱；而第6回合"炮七平六"弃炮，先诱逼黑马离开要津，以免垫将解救，碍手碍脚，攻势不易开展。此后，马炮争雄，攻势大炽，红马终于三纵两跃，擒将立功。真是"但使龙城飞将在，不教胡马度阴山"。

第41局　天工著意——"工"字

句出宋·管鉴词《浣溪沙》:"十日狂风特地晴,天工著意送行人"。

红先胜

1. 车五平六①　　士5进4

2. 炮五平六　　士4退5

3. 兵五平六　　士5进4

4. 兵六平七　　士4退5

5. 马五进六　　士5进4

6. 马六退八　　士4退5

7. 兵七平六②　　士5进4

8. 兵六平五　　士4退5

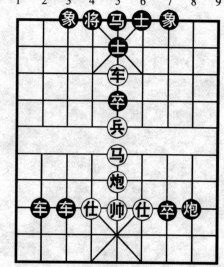

9. 马八退六　　士5进4　　　10. 马六进五　　士4退5

11. 兵五平六　　士5进4　　　12. 兵六平七　　士4退5

13. 马五进七　　将4进1　　　14. 马七退六　　士5进4

15. 马六进四　　士4退5　　　16. 马四进六③　　将4进1

17. 兵七平六　　红胜

注

①首着弃车引士，为下一着平炮叫将，借炮使马打下基础。

②红兵左右摇摆都是为了畅通马路，此着平兵是为了让红马退六叫将后谋取中卒。如改走马八进七，将4进1，马七退五，象7进5，红无杀着，黑胜。

③弃马叫将引蛇出洞，逼黑升将后再平兵叫将，黑将无处可逃。

结语

本局红方首着弃车后，使红炮移师六路，然后平兵开通马路。当红马退到八路线后，红兵又向右移到中路，让红马自由驰骋并谋取黑方关键的守护兵力5路卒子。使其不能成为红马的羁绊，又使中路无遮无拦。这样，当红方最后弃马叫将再平兵叫将时，黑将无法平中而束手就擒。这种移步换形和借炮使马的手法可称得上"巧夺天工"也！

第42局　归梦钓船——"梦"字

句出唐·温庭筠诗《溪上行》:"心羡夕阳波上客,片时归梦钓船中"。

红先胜

1. 兵四进一
将 6 平 5

2. 兵四平五
将 5 退 1

3. 马八进七
炮 3 退 2①

4. 兵三平四
将 5 平 6

5. 车四进一
卒 7 平 6

6. 车四进一
马 5 退 6

7. 车四进一
将 6 平 5

8. 马二进三
炮 3 平 6

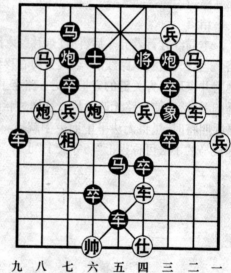

9. 车二进三	炮 7 退 1	10. 车二平三	将 5 退 1
11. 炮六平五	车 5 退 4	12. 炮八平五	象 7 退 5
13. 兵五进一	士 4 退 5	14. 兵五进一	将 5 平 4
15. 车四进四	马 3 退 5	16. 车四平五	**红胜**

82

注

① 骨鲠在喉,不得不吃,否则,炮八进四,马后炮立杀。

结语

本局第 3 回合马八进七,弃子甚妙,由此引发一系列攻杀手段。而黑方明知毒饵,不得不饮鸩止渴。嗣后,黑方又三次施展苦肉计,割须弃袍(第一次弃卒、弃马,第二次弃炮,第三次弃象、弃士、弃马);红方则不管有多少厚礼上门奉送,都"照单全收",在红方连续、沉重的打击下,黑将解围脱身的"梦"想,化作南柯一"梦"。

83

第 43 局　中原逐鹿——"中"字

语出《史记·淮阴侯列传》："秦失其鹿,天下共逐之"。局中红方倾巢出动强子,上天入地追赶黑将,必欲啖之而后快,以"中原逐鹿"命名形象且切题。

红先胜

1. 兵六进一
将 5 退 1①

2. 车七进二
将 5 退 1

3. 车七进一
将 5 进 1

4. 兵六平五
将 5 进 1

5. 前马进七
将 5 退 1

6. 马五进四
将 5 平 6

7. 车七退一
将 6 进 1

8. 马四退五
马 7 退 6

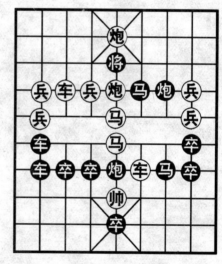

9. 车四进二　炮 7 平 6　　10. 车四进一　　**红胜**

注

① 如改将 5 平 4,则车七进一,将 4 退 1,车七进一,将 4

84

退1(如将4进1,则后马进七,将4平5,马五进七,将5平6,车四进三,红胜),车七进一,将4进1,前马进七,将4平5,马五进四,将5平6,车七退一,将6进1,马四退五,马7退6,车四进二,炮7平6,车四进一,红胜。

结语

本局造型优美,栩栩逼真,着法摇曳多姿,精彩动人。即使置此局于名家集内也毫不逊色。堪与之媲美。全局环环相扣,步步生莲,尤其马的运用,颇具特色。车马配合,车如流水马如龙,双马盘旋,矫若神龙,威风八面,如蛱蝶穿花,舞姿翩翩,煞是好看,"春风得意马蹄疾,一夜看遍长安花",可作写照。

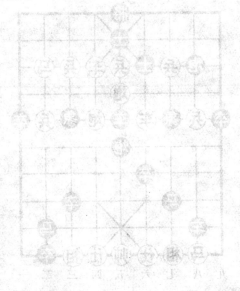

第44局　西去阳关——"去"字

局名取自张祜的诗《耿家歌》："不堪昨夜先垂泪,西去阳关第一声"。阳关,古地名,为交通西域的要道,在今甘肃敦煌西南百余里。唐时军人征戍与归来,商贾、官员的出塞与入塞,都要走这条阳关大道。当他们离开长安西去时,免不了在此与亲友饮酒赋诗,珍重道别。

红先胜

1. 兵五进一　将5进1

2. 马二进三　将5退1

3. 车四平五　将5平6①

4. 马三退四　车5平6

5. 炮五平四②　车6退1

6. 车五进二　将6进1

7. 兵三进一　将6进1

8. 车五平四　将6平5

9. 车六平五　车6平5　　10. 车五进一　**红胜**

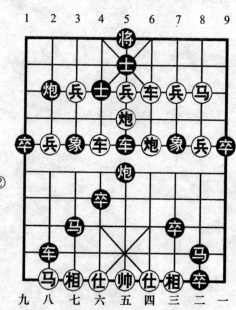

86

注

① 如改将 5 平 4，则车六进二，炮 2 平 4，炮五平六，炮 4 平 7，兵七平六，红速胜。

② 关键之着！弃炮引离了黑车，为以后平车中路制造杀势，创造条件。

结语

本局全盘 32 个子一应俱全，这是排局的一种体裁，叫"全子局"。难得的是红方仕相全帅及一马，都在各自的位置上保持原状，而前方诸子已攻城破寨。

第45局　走马兰台——"台"字

局名出自唐·李商隐《无题》诗："嗟余听鼓应官去,走马兰台类转蓬"。

红先胜

　1.　前车进二
将5退1

　2.　炮一进四
士6进5

　3.　前车进一
士5退6

　4.　前车平四
将5平6

　5.　马七进六
士4退5①

　6.　车二进四
将6进1

　7.　马六退五
马4退5②

　8.　车二退一
将6退1

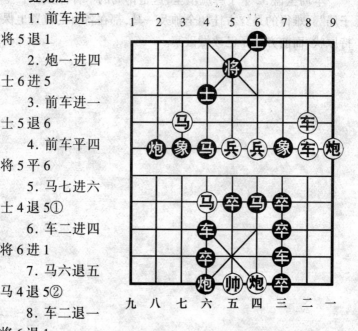

```
      1   2   3   4   5   6   7   8   9
```
九　八　七　六　五　四　三　二　一

　9.　马五进三　马5退7　　10.　车二进一　将6进1

　11.　炮一退一　马7进9③　12.　车二退一　将6进1

　13.　兵四进一　将6平5　　14.　车二平五　将5平4

　15.　马六进七　**红胜**

88

注

① 如改将 6 平 5,则车二进四,将 5 进 1,车二退一,将 5 退 1,马六退四,再进马照,红胜。

② 如改象 7 退 5,则车二退一,将 6 退 1,马五进三,形成著名的钓鱼马杀法。

③ 如改将 6 进 1,则兵四进一,将 6 平 5,兵五进一,将 5 平 4,车二平六,士 5 退 4,马六进七,红胜。

结语

此局红自弃车杀士扯开黑方防线后,车马炮三子珠联璧合,气势如虹,黑方仅有匹马左遮右挡,但红方各子占位良好,攻势如火如荼。末后一着,跃马照将,生擒敌酋。"走马兰台类转蓬"可为写照。

第46局　禽乐湾洄——"湾"字

湾洄,河流弯曲处。局名取自宋·黄庭坚《出迎使客质明放船自瓦窑归》诗句:"楼阁人家卷簾幕,菰蒲鸥鸟乐湾洄"。

红先胜

1. 兵三进一　将6进1

2. 兵三平四　将6退1

3. 前马退三　将6进1

4. 马三退四　将6退1

5. 马四进三　将6进1

6. 马三进二　将6退1

7. 后马进四　马8退6

8. 马二退三　将6进1

9. 兵五平四　**红胜**

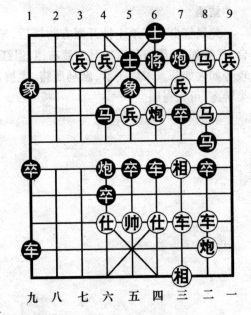

结语

本局布子别具一格,骤看32子齐入图,局面壮观、热闹,实际上只有数子在右上角一隅之地展开殊死搏杀,红方靠着双马的左跳右跃,扫清障碍,最后仅以马兵合围成杀,弈来令人捧腹且神怡。

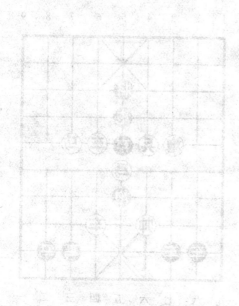

第47局 大野新霜——"大"字

句出唐·耿沣《九日》诗："横空过雨千峰出,大野新霜万叶枯"。

红先胜

1. 前车进二
将 5 退 1

2. 前车进一
将 5 退 1

3. 前车进一
将 5 进 1

4. 后车进六
将 5 进 1

5. 后车退一
将 5 退 1

6. 前车退一
将 5 退 1

7. 后车平五
将 5 平 4

8. 车四进一
将 4 进 1

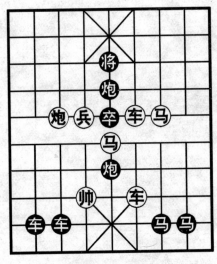

9. 车五平六　将 4 平 5①　10. 车六进一②　将 5 平 4

11. 马三进五　将 4 平 5　　12. 前马进七　将 5 进 1

13. 车四平五　将 5 平 6　　14. 马五进三　将 6 退 1

15. 马七退五　炮 5 退 3　　16. 马三进五　将 6 进 1

92

17．车五平四　将6平5　　18．炮七平五　将5平4

19．兵六进一　　**红胜**

注

① 黑将不能吃车。如改走将4进1去车，则兵六进一，将4退1(如将4平5，兵六进一，亦胜)，兵六进一，将4平5，兵六进一，将5进1，车四退二杀，红胜。

② 献车妙着，由此进入杀局。

结语

是局红方前8个回合为调兵遣将，做好战前的准备工作。从第9回合开始，红方连续两步献车，迫黑就范，从而使两支骑兵部队顺利驰向疆场。最后在车炮兵及双马的配合联攻中，黑方只好俯首称臣。

第48局 江流有声——"江"字

"江流有声,断岸千尺,山高月小,水落石出"。这是苏轼《后赤壁赋》中描写赤壁的名句。今借用作局名。

红先胜

1. 兵三平四 将5平6①

2. 车三进五 将6退1

3. 马四进六 将6平5②

4. 车三进一 将5进1

5. 马八退七 车4退4

6. 车三退一 将5退1

7. 马六进七 车4退3③

8. 车三进一 将5退1

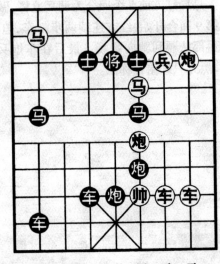

9. 车三进一　将5进1　　10. 炮二平八　炮5平8

11. 炮八退六　**红胜**

注

① 如改将5退1,则兵四平五,将5平6,马八进六,将6

94

退1,车三进七,红胜。

　　② 如改马6退5,则马八进六,将6退1,车三进二,红速胜。

　　③ 如改马6退4(如马8退6,则车三退一,将5退1,马四进三,将5平4,车三进六,红速胜),炮四进三! 将5平6,车三退一,红速胜。

结语

　　排局多以连照成杀,惟独此局别出心裁。在惊心动魄的攻杀中,走出没有连将的"炮二平八"一着,打破了人的思维定势,这正如听惯了高亢磅礴的交响乐后,一曲轻盈欢快的小夜曲飘然而至,使人耳目一新。正是这看似松实紧之着,竟使黑方一筹莫展,不得不俯首称臣。

第49局　庆赏无厌——"庆"字

局名句出元·睢景臣《六国朝·催拍子》："六桥云锦,十里风花,庆赏无厌"。形容某种事物或作品很有趣,使人寻味无穷。

红先胜

1. 兵五进一　将5退1

2. 兵五进一　将5平6

3. 兵五进一　将6进1

4. 兵四进一　将6进1

5. 兵三进一　将6退1

6. 兵三进一　将6进1

7. 车五平四　将6平5

8. 兵六进一　将5平4

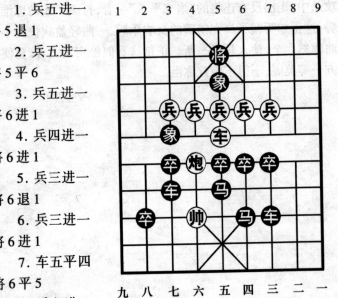

九　八　七　六　五　四　三　二　一

9. 车四进二　将4退1　10. 兵七平六　将4平5

11. 兵三平四　将5退1　12. 车四平五　红胜

96

结语

本局排头五兵构成"一字长蛇阵"的壮观阵容,个个奋勇争先,赴汤蹈火。第 4 回合,红方四路兵挺身而出如飞蛾投火,引将高悬,献身于火线,换取三路兵连击而下埋伏二线,紧接着第 7 回合高车一摆,六路兵也以身殉职,引出入局的妙手。最后车炮兵联手,以强大的火力狂轰滥炸黑将的老巢,终于凯歌高奏,擂起得胜鼓。

第50局 大道青天——"大"字

局名取自唐·李白诗《行路难》:"大道如青天,我独不得出",意谓九宫虽宽敞,老将却逃生无路,竟毙死其中。

红先胜

1. 兵五进一
将5退1

2. 兵五进一①
将5平4②

3. 兵五进一
将4退1

4. 兵五进一
将4进1

5. 马七进八
将4进1

6. 马五进四
将4平5

7. 兵四平五
将5平6

8. 马八进六
将6退1

9. 炮五平四　**红胜**

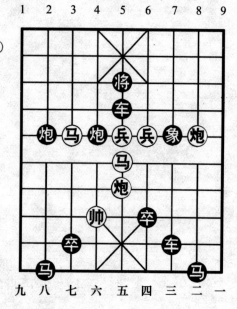

注

① "明知山有虎,偏向虎山行"。红兵冒着生命危险深入龙潭虎穴,首立战功。

98

② 黑象不敢吃兵。如吃兵将导致速败,试演如下:象 7 退 5,马五进六,将 5 平 4,马七进八,将 4 退 1,炮二平六,红方速胜。

结语

红方若要评功,当首推五路中兵,其次是靠双马盘旋,锁定黑将;最后炮平四路一击,即大功告成。反观黑方虽然兵力雄厚,但均形同虚设,对红方的进攻无可奈何,黑将被迫丢盔弃甲,四处逃窜。本局最有趣之处是黑方共走 8 步,全是走将,红方从头至尾无损一兵一卒。真是"兵不血刃"。

第 51 局　米余于廪——"米"字

局名句出唐·韩愈《太原王公墓志铭》:"在官四年,数其蓄积,钱余于库,米余于廪"。

1. 前车进二
炮 4 退 4

2. 马五进七
将 5 平 6

3. 兵四进一
将 6 退 1

4. 马四进五
炮 8 平 5

5. 兵四进一
将 6 进 1①

6. 兵三进一
将 6 退 1②

7. 兵三进一
将 6 平 5

8. 马五进三
炮 5 平 6

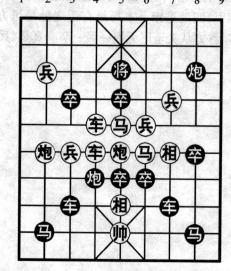

9. 马七退五　炮 4 平 5　　10. 马五进四　炮 5 平 7

11. 车六进四　将 5 进 1　　12. 马四退五　**红胜**

注:

① 如将 6 退 1,则马七进五,将 6 平 5,后马五退七,红速胜。

100

② 不敢吃兵，否则红马七进六，即胜。

结语

本局构图奇巧有趣，楚河汉界，战云密布，旌旗蔽空，而后方却子力寥寥无几。红方集中优势兵力在中路狂轰滥炸，双马轻捷矫健，红炮威震中原，车如蛟腾大海，兵入龙潭虎穴，人人奋勇，个个争先。正如兵法所云："势如强弩，节如管机"。弈来紧凑有力，取胜自在情理之中。

第 52 局　子产相国——"产"字

子产,即公孙侨,郑国上卿,春秋时杰出的政治家,当国二十余年,政绩显著。

红先胜

1. 兵三平四
将 6 退 1

2. 兵四进一
将 6 退 1

3. 炮五平四
将 6 平 5

4. 马二进三
将 5 平 4①

5. 炮四平六
马 4 退 2

6. 马五进六
马 2 退 4

7. 马六进七
马 4 进 3②

8. 兵五平六
马 3 退 4

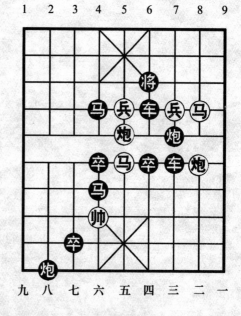

9. 马三退五　将 4 平 5　　10. 炮六平五　　**红胜**

注

① 如上将,则炮二进四,马后炮杀。

② 如改马 4 进 5 则马三退五,将 4 进 1,马七退六,亦杀。

结语

本局构图凝炼,用子少,杀法别有趣味。终局红方竟然未损一兵一卒,全师而还,而黑方已溃不成军,黑将也成阶下之囚。全局过程可谓兵不血刃。

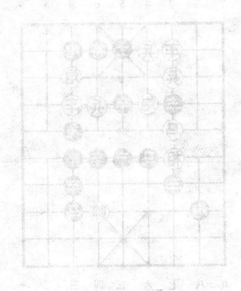

第53局 千山月色——"月"字

局名取自宋·戴复古《觉慈寺》诗："千山月色令人醉,半夜梅花入梦香"。

红先胜

1. 兵六平五
炮7平5

2. 兵四进一
将6进1

3. 车三平四
将6平5

4. 兵七平六
将5平4

5. 车四进一
象7退5

6. 车四进一
象5进7

7. 车七退一
将4退1

8. 炮三平六
后车平4

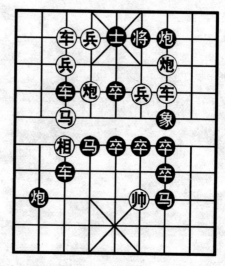

| 1 | 2 | 3 | 4 | 5 | 6 | 7 | 8 | 9 |

九　八　七　六　五　四　三　二　一

9. 车七进一	将4退1	10. 车七进一	将4进1
11. 马七进八	将4进1	12. 车四退一	象7退5
13. 车七平六	炮5平4	14. 车六退一	**红胜**

结语

104

所见"月"字形排局，图势大都纤巧玲珑，而此局雄浑壮观，再加以"千山月色"的题名，使人感到满枰月色无所不在，无处不有。

战幔掀开，红方连弃三兵，把黑将从6路逼到4路，继而车驰、马奔、炮轰，一阵猛攻，黑方虽有一车孤掌难鸣。第8回合"炮三平六"一着，调虎离山，畅通马路，神韵袭人。是局红方攻子全出，拼力向前，着法遒劲沉雄，同局名相映成趣。

第54局　御制三阵——"制"字

句出宋·王禹偁诗:《筵上狂诗送侍棋衣袄天使》,"对面千里为第一,独飞天鹅为第二,第三海底取明珠,三阵堂堂皆御制"。

红先胜

1. 前兵平六
马5退4①

2. 兵六进一
将4平5

3. 炮二平五
象5进7

4. 炮六平五
炮4平5

5. 前炮平一
象7退5

6. 马二进三
将5平6

7. 马八进六
将6退1

8. 炮一进三
炮8退4

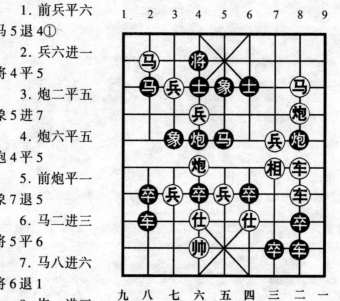

9. 马三退四　炮8进4　　10. 炮五平四　炮5平6

11. 马四进三　**红胜**

注

① 如改将4平5,则炮二平五,象5进7,马二进三,将5退1(如将5平6,炮六平四,士6退5,炮五平四),前兵平五,将5平6,炮六平四,士6退5,马三退四,红速胜。

结语

本局红方进攻线路清晰,方法简练实用。全局可分三个战役:红兵的捐躯,引出红炮的镇中,此第一战役。双炮腾挪闪击,畅若流水,轻若飘云。"前炮平一",于平淡中见功力,为获胜关键之着。棋谚云"炮乃军中胆也",于此可证,此为第二战役。第7回合马八进六加入战团,如虎添翼,给攻势火上加油,这是第三战役的揭幕,至此,红方左、中、右三线都有雄兵把守,黑将插翅难逃。以下黑虽有几个回合的挣扎,但一经红马四进三双将绝杀,只有束手待毙。此外,第三战役一段着法部分也可暗寓题旨。

第55局 一元复始——"元"字

《汉书·董仲舒传》:"《春秋》谓一元之意,一者,万物之所从始也;元者,辞之所谓大也"。旧时常用以指新的一年的开始。

红先胜

1. 兵五进一① 将5退1

2. 车八进三 将5退1

3. 马三进四② 将5平6③

4. 马四进二④ 将6平5

5. 车八进一 将5进1

6. 兵五进一⑤ 将5进1⑥

7. 车八平五 士4退5

8. 马二进四⑦ 将5平6

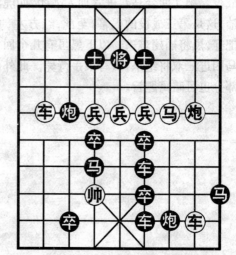

9. 兵四进一　将6退1　　10. 炮二平四　炮3平6

11. 车二进七　**红胜**

注

108

① 中路进攻逼退黑将,为两翼侧击创造条件。如改走炮二进二则将5退1,车八进二,将5退1,马三进四,将5平6,马四进二,将6平5,车八进一,将5进1,以后车被自己的马炮挡住去路,五路兵又鞭长莫及,黑方胜定。

② 如改走车八进一,将5进1,兵五进一,将5进1,车八平五,士6退5,红方不能成杀,黑胜定。

③ 如将5平4则车八进一杀。

④ 如马四进六则士4退5,红无杀着,黑胜。

⑤ 舍身饲虎,逼黑将到宫顶,有利于河沿兵的进攻。

⑥ 吃兵无奈,如将5平4则马二进四杀;如将5平6则车八平四杀,红均速胜。

⑦ 亦可马二退三,以下黑方有将5平4与将5平6两种着法,均红胜。现将两种着法分演如下:

甲、将5平4,兵六进一,将4退1,炮二进三,士5进6,马三进四,士6退5,(如炮7退7则兵六进一杀。)马四退五杀,红胜。

乙、将5平6,兵四进一,将6平5,兵四平五,将5平4,兵五进一,将4退1,兵五进一,将4进1,兵六进一杀,红胜。

结语

本局红方采取中路突破,两翼侧击的方针,先把黑将从宫顶赶回老巢,通过进马踩士及连续叫将和弃兵引将等战术,又把黑将从老巢再次赶到宫顶。然后平车中路叫将,迫其退士自阻黑将归路,采取关门打狗的方法,然后进马四路及进兵叫将,最后弃炮亮车,使二路车顺利开赴前线参战叫将做杀。这些巧妙的战略与战术,都很值得读者认真研究与学习。

第56局　丰年留客——"年"字

局名取自宋·陆游《游山西村》诗："莫笑农家腊酒浑,丰年留客足鸡豚"。丰年,即农作物丰收的年头。

红先胜

1. 兵七平六
将4平5

2. 兵五进一
士4退5

3. 兵六平五①
将5进1

4. 兵四平五
将5退1

5. 马四进三②
炮6退3

6. 兵五进一
将5进1

7. 车四进四
将5平6

8. 炮二进一
将6退1

9. 马八进六　**红胜**

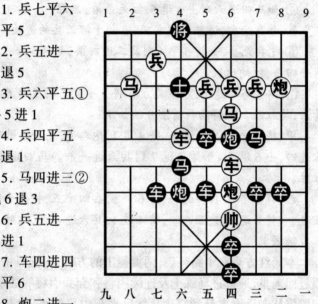

注

① 如改走兵六进一,则将5平6,兵四进一,将6进1,炮四进二,马4退6,马四进六,炮4退4,车四进一,炮4平6,兵

三平四,马7退6,黑胜定。

②此着红方亦可改走兵五进一,将5平6,炮四进二,马7退6(如马4退6,则车六进五,红速胜),马四进六,马6退4,兵三平四,前马退6,兵四进一,红胜。

结语

本局攻杀惊心动魄,虽只9个回合,红方竟弃去一车三兵,前赴后继,战况惨烈可见一斑。真是"一将功成万骨枯,古来征战少人还"。

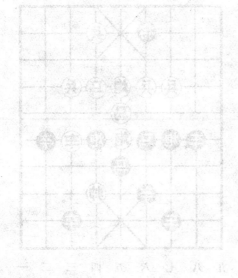

第57局 关山迢递——"关"字

迢递,路途遥远之谓。局名取自宋·苏轼《虞美人》词:"怎忍抛奴去,不辞迢递过关山"。本局变化较多,但只要着法正确,便不会有"歧路亡羊"之叹,终能叩开胜利之门。

红先胜

1. 兵六进一　将4进1

2. 前炮平六　马4退5

3. 兵七进一　将4平5

4. 马五退七　将5平6①

5. 兵三进一　将6退1

6. 兵三进一　将6退1

7. 兵三进一　将6进1

8. 马四进二　马5退7②

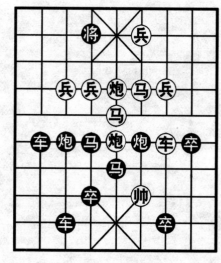

9. 车三平四　将6平5　　10. 炮六平五　将5平4

11. 兵七进一　将4退1　　12. 车四进五　马7退6

13. 马二进四　**红胜**

112

注

① 如改马 5 进 4, 则炮六平五, 将 5 平 6, 兵三进一, 将 6 退 1, 兵三进一, 将 6 退 1, 兵三进一, 将 6 进 1, 马四进二, 将 6 进 1, 车三平四, 红速胜。

② 如改将 6 进 1, 则车三平四, 马 5 进 6, 马七进五, 红速胜。

结语

本局首着红兵捐躯, 杀身成仁, 揭开进攻序幕。继而以双马双炮车三兵猛攻, 迫使黑方将府风声鹤唳, 黑将绕城而走, 四出奔波。第 12 着红方弃车一着, 有雷霆万钧之力, 堪称奇绝。经常研习、揣摩此类的杀着, 对于实战技术水平的提高, 自是不言而喻。

第58局　任重道远——"任"字

语出《论语·泰伯》："曾子曰:士不可以不弘毅,任重而道远"。局中红车"万里赴戎机"也切合局名。

红先胜

1. 兵七进一　将4退1①

2. 车七平六　前卒平6②

3. 车六进一　车7平4

4. 车六进一　炮6平4

5. 车三平六　卒3平4

6. 车六进一　马3退4

7. 兵七进一　将4平5

8. 炮三平五　象3退5

9. 兵五进一　将5平6　　　10. 炮八进三　将6进1

11. 兵四进一　　**红胜**

注

① 如改将4平5,则炮八进二,将5退1,马二进三,将5

114

平6,马七进六,将6进1,兵七进一,红速胜。

②螳臂挡车,无可奈何。黑将不肯平中路,是为了避免以下杀法:如将4平5,则马二进三,将5平6,车四进八,将6进1,炮八进二,红速胜。

结语

本局有趣之处在于:红方双马雄踞两翼,按辔勒缰,枕戈待旦,虽自始至终未曾奋蹄长嘶,但给黑方造成莫大的威胁。红车则从遥远的后方予以支持,"万里赴戎机",一路上披荆斩棘,强迫黑方抛戈弃甲主将逃匿。而黑方之所以不惜弃卒、垫炮、回马、筑成防线,进行顽强的抵御,黑将迟迟不愿进入中军帐,实因畏惧注②的杀法,这就叫棋中有棋。

第59局　界破山色——"界"字

句出唐·徐凝《庐山瀑布》诗："今古长如白练飞,一条界破青山色"。

红先胜

1. 炮五退二
士6进5

2. 炮五进二
炮3平5

3. 炮五退二
士6退5

4. 炮五进二
前车平5

5. 炮五退二
后马进5

6. 炮五进二
马7进5

7. 炮五退二
车7平5

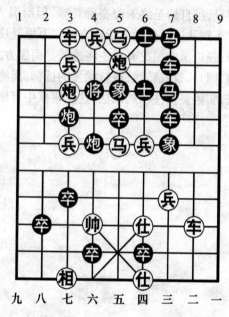

8. 炮五进二　**红胜**

结语

本局借双马雄踞要津,红炮上下翻飞,吃尽黑子,完成杀局。此种构思古谱早已有之,未见翻新出奇,虽甚感直露寡味,但能用撒豆成兵的手法,拟成字形,围绕一个主题,可见今人还是略胜古人一筹。

116

第60局 九州风雷——"雷"字

局名出自近代龚自珍诗："九州生气恃风雷,万马齐喑究可哀"。

红先胜

1. 兵三平四 将6平5

2. 炮五退三 象7进5

3. 兵六进一 将5退1

4. 兵六进一 将5平4①

5. 马七进五 士6进5

6. 车六进一 前马退4

7. 车六进一 炮5平4②

8. 车六进一 将4平5

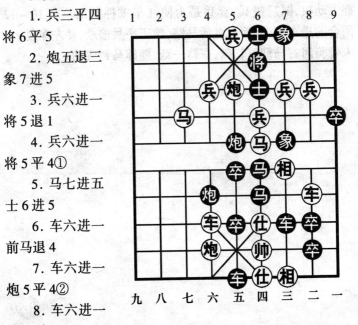

9. 马五进七 将5平6　　10. 车六进四 士5退4

11. 前兵进一 将6进1　　12. 兵四进一 将6进1

13. 兵二平三 将6退1　　14. 兵三进一 将6平5

15. 马四进六 **红胜**

117

注

① 如改将 5 进 1 则前兵平五,将 5 平 6,兵四进一,红速胜。

② 如不献炮,将来黑将不能平中,输得更快,读者可自行演变。

结语

本局红方自炮五退三翻卒照将控制中线后,一直牢牢掌握主动权,嗣后进兵、弃兵是为使红车破柙而出。第 10 ~ 12 回合的送车弃兵,旨在盘活马路,便于平兵追杀,使左车复出。末着骑河右马仰首长嘶,奋蹄一跃,随即马到成功。

第61局 云淡风轻——"云"字

局名句出宋·程颢《春日偶成》。诗曰:"云淡风轻近午天,傍花随柳过前川"。

红先胜

1. 兵六进一
将4退1

2. 炮五退三
象7退5

3. 炮五平六
前马退4

4. 炮六进三
马3退4

5. 兵六进一
将4平5

6. 马四进三
将5退1

7. 前车进二
将5平6

8. 炮六平四

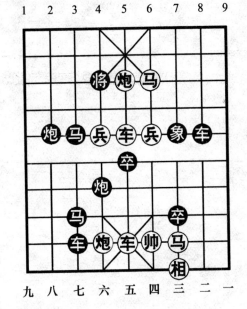

红胜

结语

本局局面隽永优雅,布子错落有致,着法空灵蕴藉、再辅以局名的诗情画意,令人遐思翩跹,怡然心悦。个中运炮如风,堪称一绝。"炮五退二"的盘马弯弓射卒,"炮五平六"、"炮

119

六进三"的连珠炮响,伏弩齐飞,以及末着的擒将建勋,可谓将炮的威力发挥得淋漓尽致。其次,车的运用也颇见匠心,红车虽蛰伏九宫,"藏在深宫人未识,"却能运筹帷幄,决胜千里之外,前车进二杀象,其功不可没。"但用东山谢安石,为君谈笑净胡沙,"可作的评。

第62局　飞扬跋扈——"飞"字

局名取自唐·杜甫《赠李白》"痛饮狂歌空度日,飞扬跋扈为谁雄"。

红先胜

1. 马六进八
将 4 退 1

2. 炮七平六
将 4 平 5

3. 前马进七
将 5 退 1

4. 马八进七
将 5 平 6

5. 车二进六
车 8 退 7

6. 前兵进一
将 6 进 1

7. 车三进六
将 6 退 1

8. 后马退五①
将 6 平 5

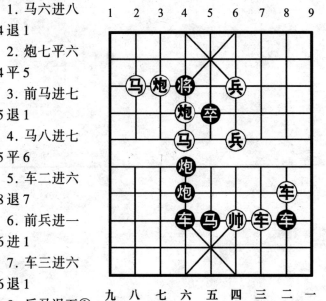

9. 车三平五　　将 5 平 6　　　10. 车五平二　　将 6 平 5

11. 车二进一　　**红胜**

注

① 回马照将,于山重水复处,见柳暗花明。

121

结语

　　此局构图形象,字形清晰,杀着凌厉,运子有方。第7着的弃车引离,旨在调出另一红车参战,构思甚妙。此车一出,如猛虎出柙。以下车马纵横,耀武扬威。"车五平二"一着,实是点题之笔。

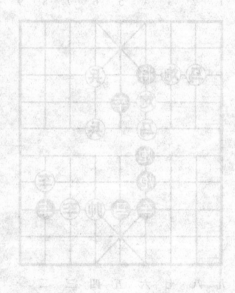

第63局 天上人间——"天"字

句出南唐·李煜词《浪淘沙》:"流水落花春去也,天上人间。"比喻所处的环境高下悬殊。本局双方主将高悬,结局却迥然不同,犹如"天上人间"。

红先胜

1. 炮五平四① 卒5平6

2. 兵四进一 将6退1

3. 兵四进一 将6平5

4. 兵四进一 将5退1②

5. 兵四进一 将5平4

6. 马六进七③ 炮5平3④

7. 炮四平六 士4退5

8. 兵五平六 炮3平4

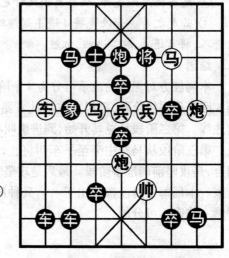

| | | | | | | | | |
| 1 | 2 | 3 | 4 | 5 | 6 | 7 | 8 | 9 |

九 八 七 六 五 四 三 二 一

9. 炮二进四　将4进1　　10. 马三退五　象3退5

11. 兵六平五　炮4平1　　12. 车八平六　士5进4

13. 车六进二　将4平5　　14. 马五进三　将5平6

123

15. 车六进一　将6进1　　16. 炮二退二　红胜

注

①平炮叫将诱开黑卒,此乃获胜之关键。如径走兵四进一,黑则将6退1,兵四进一,将6平5,兵四进一,将5退1,兵四进一,将5平4,马六退七,炮5平3,炮五平六,卒5平4,黑卒拦炮,黑胜。

②如改走将5平4则马三进四,炮5退2(如将4退1则马六进七,炮5平3,炮二进四,马后炮杀),炮二进三,将4退1(如士4退5,炮四平六杀),马六进七,红胜。

③兑马把黑炮支开,调虎离山之计也!

④必走之着。如改走将4进1则炮四平六,士4退5,马七进八,将4退1,炮二进四,红胜。

结语

本局红方对黑方的攻杀可分为4个阶段。从第1回合到第5回合是驱将阶段,把黑方主将从6路宫顶线赶回到4路的底线。第二阶段从兑马开始,到进炮叫将,把黑将赶上一步止。第三阶段从马踩中卒至平车叫将止,这一阶段只有三个回合,是攻坚前的准备阶段。最后是攻坚阶段,从弃车杀士至结束。本局每个阶段都突出了一个兵种的作用,但整体却是浑然一体密不可分的。

第64局　化为乌有——"化"字

句出宋·苏轼《章质夫送酒六壶,书至而酒不达,戏作小诗问之》诗:"岂意青州六从事,化为乌有一先生"。

红先胜

1. 马四进六①　车5退3②

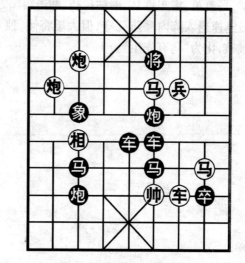

2. 兵三平四　将6退1

3. 兵四进一　将6进1

4. 马二进三　将6退1

5. 马三进二　将6平5

6. 马二退四　将5平6

7. 车三进六　将6退1

8. 车三进一　将6进1

9. 马四进二　将6平5　　10. 车三平五　将5平4

11. 炮八平六　将4进1　　12. 车五平六　**红胜**

注

① 如改兵三进一,则将6退1,兵三进一,将6退1,兵三

125

进一,将6平5,马四进六,将5进1,车三进六,炮6退3,马六进七,将5平4,黑胜定。

②如改象3退5则兵三平四,将6退1,兵四进一,将6进1,马六进五,将6退1,车三进六,将6退1,炮八进三,象5退3,马五退六,象3进5,炮七进二,红胜。

结语

本局的攻杀展示了车马炮各兵种之间的美妙配合。"马二进三"一着有"飞将军自重霄入"的神勇气概。以后,车辚辚,马萧萧,雷车铁马,摧枯拉朽,冲击得黑方溃不成军。黑车虽迅速退入阵内严防死守,但大厦将倾,独木难支,最终国亡城破,化为"乌有先生"。

第65局 羽檄交驰——"羽"字

句出唐·王维《老将行》:"贺兰山下阵如云,羽檄交驰日夕闻"。本局局面壮观,双方剑拔弩张,主将高悬,但红方凭借先行之利而捷足先登。

红先胜

1. 前兵平五
将4退1①

2. 兵五进一
将4退1

3. 兵五进一
将4平5②

4. 前马进四
将5平6③

5. 马四进六
将6进1④

6. 兵三进一
将6平5

7. 炮二进一
炮8退3

8. 车二平五
将5平4

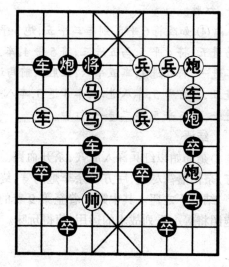

9. 炮二进五　将4进1　　10. 车五进一　炮3平5

11. 马六进四　炮5进1　　12. 车八进二　**红胜**

127

注

① 如改炮 3 平 5,则车八进二,将 4 退 3,车八进一,将 4 退 1,车八进一,将 4 进 1;前马进八,炮 5 平 3,车二平六,将 4 平 5, 马八进七,将 5 退 1,马七退六,将 5 进 1,车八退一,炮 3 退 1,车八平七,红胜。

② 如改将 4 进 1,则前马进四,炮 3 平 5,车二平六,将 4 平 5,马四进三,将 5 平 6,兵三平四,红胜。

③ 如改将 5 进 1,则车二平五,炮 3 平 5,车五进一,将 5 平 4(如车 2 平 5,车八进三杀),车五平六,将 4 平 5,车六进一,红胜。

④ 如改将 6 平 5,则车二平五,炮 3 平 5(如将 5 平 4,则后马进五,将 4 平 5,马五进三,将 5 平 4,车五进三,将 4 进 1,炮二进一,将 4 进 1,车五平六,红胜);前马退四,将 5 平 6,马六进五,车 2 平 5,车八进四,车 4 退 5,车八平六,将 6 进 1,兵三进一,将 6 平 5,炮二进一,红胜。

结语

是局始以红兵深入虎穴,杀开血路。黑方虽竭尽全力防守,奈何藩篱尽失,后方仅余车炮防守,终在红方的强大攻势下,结城下之盟。其中第 7 着至第 9 着的弃炮、平车闪将、进炮照将等一系列战术的运用,值得玩味。

128

第66局 风光和暖——"光"字

局名取自唐·李白《上皇西巡南京歌十首》："水渌天青不起尘,风光和暖胜三秦"。

红先胜

1. 马三退四
将 5 平 4

2. 炮五平六
将 4 退 1

3. 炮六退三
士 5 进 4①

4. 兵六平七
将 4 平 5

5. 炮四平五
将 5 平 6

6. 马五进六
将 6 平 5②

7. 马六进七
将 5 平 6③

8. 炮五平四
炮 3 平 6

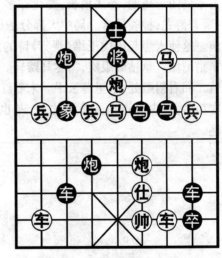

9. 马七退六　　将 6 平 5　　　10. 车八平五　　车 3 平 5

11. 车五进一　　炮 6 平 5　　　12. 车五进五　　**红胜**

注

① 如改炮 3 平 4,则兵六平七,炮 4 平 6,马五进六,将 4

进1，兵七平六，红速胜。所以，上士是为黑将出逃多留条生路。

②如改走将6进1，则炮五平四，马7进6，车三进六，红速胜。

③如改走：甲、将5退1则马四进五，马7退5，车三进八，红速胜。乙、将5平4，马四进六，炮3平4，马六进四，炮4平5，兵七平六，红速胜。

结语

本局图形疏朗，着法稍长，变化亦多，特别是双马上下盘旋，矫若游龙，神骏异常。局中大部分是马炮在作淋漓尽致的表演。这使人想起唐代王维《观猎》诗的意境："风劲角弓鸣，将军猎渭城。草枯鹰眼疾，雪尽马蹄轻。忽过新丰市，还归细柳营。回看射雕处，千里暮云平。"末着红车从斜刺里杀出，一战取功名，多少有点出人意料之外，却也是画龙点睛的切题一笔。

第67局 未言心醉——"未"字

局名取自晋·陶渊明《拟古九首》:"出门万里客,中道逢嘉友。未言心先醉,不在接杯酒"。

红先胜

1. 车五进一 将5进1

2. 兵六平五 将5平4①

3. 兵七平六 将4退1

4. 炮五平六 将4平5

5. 马五进四 将5退1

6. 炮六平五 将5平6

7. 炮五平四 将6平5

8. 马四进三 将5进1

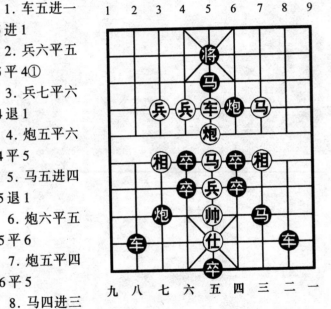

9. 前兵进一 将5平4   10. 炮四平六 **红胜**

注

① 如改将5平6,则炮五平四,炮6平3,兵五进一,红胜。

131

结语

棋谚云:"得势弃车方有益,失先弈子必无成。"车五进一如"霹雳一声山河动",黑方立处于风雨飘摇之中;加上红兵的威力,黑将如芒刺在背,进退两难。3~10回合,红炮机发动乾坤,左右开弓,铁骑扬鞭,飞渡檀溪,红兵趁机逼宫催杀,三军用命,逼得黑将身陷"垓下",束手就擒。

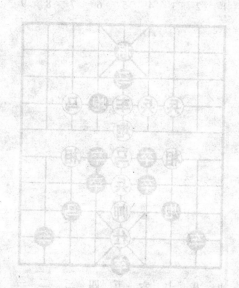

第68局 三春雁飞——"三"字

句出唐·韦承庆《南中咏雁诗》:"万里人南去,三春雁北飞"。

本局黑方首着车7进5以及第3回合红方车七进五相互吃车,犹如双双南雁,翩翩北飞。故以是命题。

红先和

1. 兵四平五① 车7进5

2. 兵五进一② 将5退1

3. 车七进五 车7退4

4. 兵五进一 将5平6

5. 兵五平四 将6进1

6. 车七平六 将6退1

7. 车七平五

和

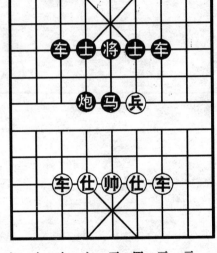

注

① 于细微处见功夫,如先走车三进五吃车(如车七进五,车7进5,兵四平五,车7退4,黑车守兵行线胜定),黑则车3进5,兵四进一,士4退5,黑方多子胜定。

133

② 进兵叫将及时。如先走车七进五吃车，则黑方车7退4守住兵行线，红方将要输棋。

结语

本局虽然不像连照胜局那样紧张、激烈和惊心动魄，但于平淡之处见功夫，读来别有一番韵味。开头两着，红若不察，随手贸然吃车，即会造成输棋。正是由于红方深知"兵贵神速"的道理，才争取到了和棋的机会。本局的着法也非常接近实战，且最后形成单车守和车炮的阵式，对初学者也有实战指导意义。

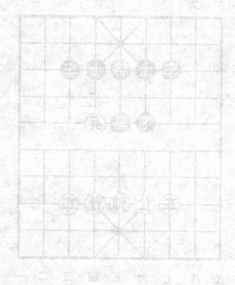

第69局　三峡星河——"三"字

句出唐·杜甫《阁夜》:"五更鼓角声悲壮,三峡星河影动摇"。

枰面三条横线,寓意"三峡",首着红马跨河叫将,图形开始变化,意会为"星河影动",局名据此而拟。

红先胜

1. 马五进六
将6退1

2. 车六平四
将6平5

3. 兵六平五①
将5平4

4. 车四进四②
将4退1

5. 车四进一
将4进1

6. 兵五进一
将4进1

7. 车四平六
将4平5

8. 马六进七
将5退1

9. 车六退一　将5退1

10. 车六平四　**红胜**

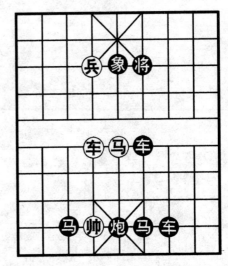

135

注

① 虎口拔牙！黑将不敢吃兵,因红有车四进三的杀着。

② 如误走兵五进一则将4进1,车四进三,炮5退6,红无杀着,黑胜。

结语

此局图形清晰,着法简洁流畅,而且非常接近实战。第3回合红方兵六平五虎口逞强,迫使黑将移师边隅。第4回合进车叫将是必走之着,如先走兵五进一则要输棋,不可不察。必须等待进车底线以后,方可进兵叫将。这些细节之处值得初学者细细品味。

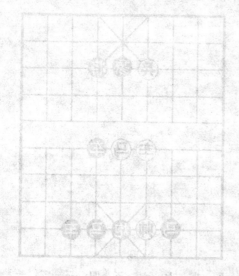

第70局 十年磨剑——"十"字

句出唐·贾岛《剑客》诗:"十年磨一剑,霜刃未曾试"。

红先胜

1. 兵五进一
将5进1

2. 马五进四①
将5平6②

3. 前车进三
将6退1

4. 前车进一
将6退1

5. 前车进一
将6进1

6. 后车进五
将6进1

7. 后车退一
将6退1

8. 前车退一
将6退1

9. 后车平四　**红胜**

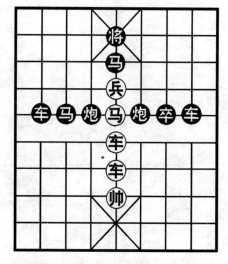

注

① 如误走马五进六,则将5平4,前车进三,将4退1,前车进一,将4退1,前车进一,将4进1,后车进五,将4进1,后车退一,将4退1,前车退一,将4退1。此时六路线因有马

137

口,红方不能成杀,黑胜。

②如改走将5平4,则前车进三,将4退1,前车进一,将4退1(如将4进1后车进四杀),前车进一杀,红速胜。

结语

此局图形独特,横竖各为七子,且两边上下均为对称。红方五子相连,似一把尖刀刺向对方心脏;而黑方六子分列两厢似在拦截,后方马护将作搏斗之态,十分有趣。

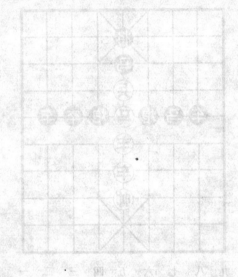

第71局 十八学士——"18"字

唐太宗开文学馆,以杜如晦、房玄龄等十八人为学士,命当时著名画家阎立本绘像,褚亮题赞,记录姓名、表字、爵位、籍贯,号十八学士写真图。事见新旧《唐书·褚亮传》。

红先胜

1. 车七平四　后车平6

2. 车四进二　将6平5

3. 马七进六　将5退1

4. 车四进二　将5退1

5. 车四进一　将5进1

6. 马五进七　炮3退2

7. 马六进七　将5进1

8. 车四平五　将5平4

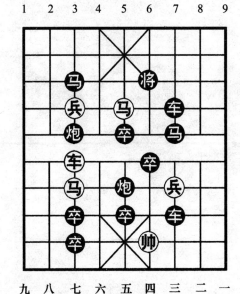

9. 兵七平六　将4退1　　10. 车五平六　**红胜**

结语

本局用红黑双方共18个子排列而成的"18"字形局,是作

139

者的精心安排。杀法虽然简单些，但第 3 回合的策马进袭大有"一闻边烽动，万里忽争先"的气势，接踵而来的不过是车马杀法的演示，但这对初学者来说是生动、典型的教材。

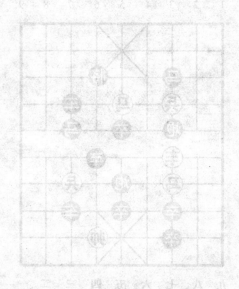

第72局　英雄有雌——"三八"字

本字形局为纪念"三八"妇女节而作。

局名取自近代革命女诗人秋瑾《题芝龛记》诗句："吾侪得此添生气,始信英雄亦有雌"。

红先胜

1. 炮一进九　炮8退4①

2. 马五进四　士4进5

3. 马四退二　马7退6

4. 车五进三　将5进1

5. 兵四进一　将5退1

6. 兵四进一　将5进1

7. 炮一退一　炮6退3

8. 马二退四　炮8进1

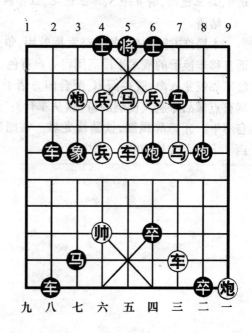

9. 前兵进一　将5进1　　10. 炮一退一　炮8进1

11. 马四退二　炮8退1②　12. 马三进二　炮6进1

13. 前马进四　炮6进1

141

（黑如改走炮8进1则红马二退四杀，红亦胜）

14. 车三进六　炮6退1　　15. 车三平四　**红胜**

注

① 如改马7退8，则马五进四，士4进5，马四退二，马8进6，车五进三，将5进1，兵四进一，将5退1，马二进四，炮8退4，马四退二，红速胜。

② 如改炮6进1，则马二退四，将5平4，兵六进一，将4退1，马三进四，将4平5，车三进七，红亦胜。

结语

本局红方除帅外，各子都发挥效用，争先恐后展开攻势，而且移步换形的战术手段运用得有声有色。最后蛰伏的三路红车如蛟龙入海，脱颖而出，配合前方诸子，完成杀局。读此局有点像品味唐人杨炯的诗篇《从军行》："烽火照西京，心中自不平。牙璋辞凤阙，铁骑绕龙城。雪暗凋旗画，风多杂鼓声。宁为百夫长，胜作一书生"。

第73局 劳动神圣——"五·一"字

只有劳动,才能显示出人的真正的美。"一切乐境,都可由劳动得来,一切苦境都可由劳动解脱"。(李大钊)"五·一"是劳动者的节日,谨选是局献给他们。

红先和

1. 后兵四进一
将 6 退 1

2. 后兵四进一
将 6 平 5

3. 后兵四平五
将 5 平 4

4. 前兵进一
士 4 退 5

5. 前马退五
将 4 进 1

6. 马五退七
车 4 平 3

7. 车七平六
车 3 平 4

8. 前兵平六
车 8 平 7

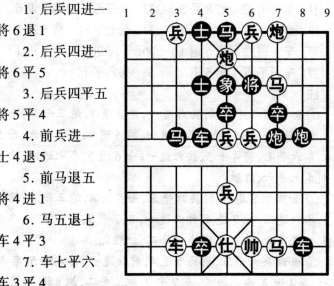

9. 帅四退一　车 7 进 1　　10. 帅四进一　将 4 退 1①

11. 兵六进一　士 5 退 6②　12. 炮三平五③　车 7 退 4

13. 兵六平五　将 4 平 5　　14. 车六进六　车 7 平 6

143

15. 仕五进四　炮8进4　16. 车六平五④　将5平6
17. 车五平二　车6进2　18. 帅四平五　车6进1
19. 帅五退一　士6进5　20. 后兵进一　炮7平9
21. 车二平一　车6退4　22. 前兵进一　将6退1
23. 车一进二　将6进1　24. 帅五进一⑤　车6进4⑥
25. 帅五进一　车6退4　26. 炮五平四　车6平3
27. 炮四平三　炮9平5　28. 后兵进一　车3平5
29. 帅五平六　车5退2　30. 车一退一　将6退1
31. 车一平三　炮8平3　32. 车三退二　炮3退6
33. 炮三平六　士5退4　34. 兵七平六　将6进1
35. 车三进二　将6退1　36. 车三进一　将6进1
37. 车三平五　车5退2　38. 兵六平五

注

① 如改将4平5,则兵六进一,炮8退1,炮三平五,士5退6,兵六进一,将5退1,车六进四,将5退1,兵七平六,将5平4,车六平七,将4平5,兵六进一,士6进5,车七进四,士5退4,车七平六,红胜。

② 如改炮8退3,则兵六平五,士5进4,炮三平五,炮8进7,车六进三,炮7进4,帅四进一,车7平9,帅四平五,车9平5,帅五平六,将4平5,车六平二,红胜定。

③ 如改兵六平五,则马5进4,前兵进一,士4进5,车六平七,马4进2,车七进五,车7平2,炮三平二,炮8退3,黑多子胜。

④ 如改车六平二,则炮7平6,帅四平五,将5退1,车二退六,卒7进1,黑优胜势。

⑤ 看似闲庭漫步,其实并非闲棋。红如改走炮五平四,则车6平3,黑方胜势。

144

⑥ 黑无法变着,如改车6平3,则兵七平六,红方胜定。

结语

本局前4回合,红兵锐不可当地连冲四步,迫得黑将退避三舍;红兵捐躯后,红马登台亮相,呼啸奔腾,踏卒吃马,"固一时之雄也"。第7回合主角又变,红车云中现爪,斜刺杀出,车兵配合,组成新一轮攻势。黑将则惊恐万状,望风而逃。红炮觑准时机,打马坐宫,一石二鸟,既歼灭对方子力,摧毁防守力量,又掩护中兵挺进。第14回合红车深入腹地,直捣黄龙;黑车见机回防,稳住战局。以下双方互有攻守,互相牵制,你来我往,旗鼓相当,终于子力耗尽,罢战言和。

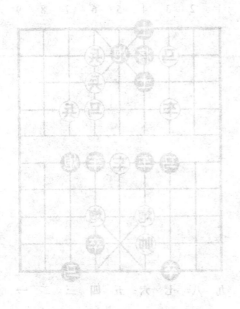

第74局　毋忘国耻——"九·一八"字

国耻一词,语出《礼记·哀公问》:"物耻足以振之,国耻足以兴之"。

"九·一八",一个中国人民永远不会忘记的屈辱日子。1931年,日本关东军蓄意制造事端占领东三省,迈出了进而侵略全中国、妄图称霸世界的罪恶一步。

斗转星移,人世沧桑,"九·一八"早已成为历史。但前事不忘,后事之师,它时时警醒我们:落后就要挨打,贫穷必定被欺。

红先胜

1. 前兵平五
士4进5

2. 车五进四
将4退1①

3. 车五进一
将4进1

4. 车五平六
将4退1

5. 马七退五
将4平5

6. 车七进三
将5进1

7. 兵四进一
将5进1

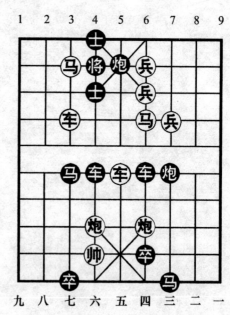

146

8. 车七平五　将5平6　　9. 兵三进一　将6退1

10. 马四进六　红胜

注

① 如改走将4平5,则兵四平五,将5平6,兵五进一,将6退1,马四进六,车6进2,兵五进一,红速胜。

结语

本局图形与局名本身就使人慷慨激昂,热血沸腾。着法也有意或无意间与创作意图吻合。"车五进四"一着,有"捐躯赴国难,视死忽如归"的凛然气节;然黑方不为所动,红车则如影随形,逼其吞食。第7回合之"兵四进一",也有异曲同工之妙,与车马争功,气贯虹日。"首身离兮心不惩,诚既勇兮又以武。"最后,借炮使马构成双将绝杀。至此,红方所有攻子全部发挥作用,暗寓人民战争威力无比,侵略者上天入地,无葬身之所。

第75局 北斗阑干——"北斗"字

局名出自《古乐府·善哉行》:"月落参横,北斗阑干"。北斗,即北极星。阑干,形容星斗错落纵横。

红先胜

1. 前兵平五
将4平5①

2. 兵四进一
将5平4②

3. 兵四平五
将4平5

4. 车四平五
将5平4

5. 车五进三
将4平5

6. 马二退四
将5平4

7. 马三进五
将4进1

8. 马五进六
将4退1③

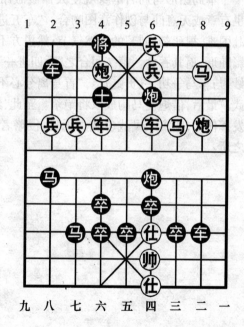

9. 车六进一　车2平4　　10. 车六进一　**红胜**

注

① 如改将4进1,则车六进一,将4进1,车四平六,红速胜。

148

②如改将5进1,则车四平五,将5平4,车六进一,将4进1,车五平六,红速胜。

③如改将4平5,则车六平五,红速胜。

结语

本局红方连续弃去双兵一车,为的是畅通马路造成"双马饮泉"的杀势。局中黑方三次不吃红炮,既可说机警,又属无奈,如吃之,则加速崩溃。第8着,红马五进六乃妙手、奇手,有曲径通幽、拨云见日之妙,此着一出,红方自是稳操胜券。

第76局 四十不惑——"四十"字

语出《论语·为政》:"四十而不惑"。

红先胜

1. 车八平六　士5进4

2. 车三退一　将6退1

3. 兵二平三　将6退1

4. 车三平四　将6平5

5. 兵六进一　将5进1

6. 兵三平四　炮3平6

7. 车四进一　将5进1

8. 炮八进一　士4退5

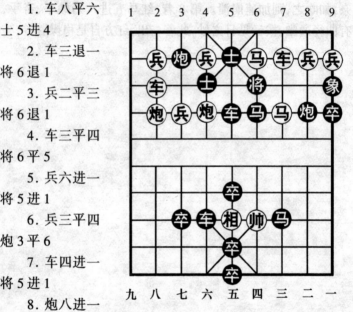

9. 兵七进一　士5进4　　10. 兵七平六　将5平4

11. 车四退一　将4退1①　　12. 兵八平七　将4退1

13. 车四进二　车5退3　　14. 马三进四　马6退5

15. 兵七进一　将4进1　　16. 马四退五　将4进1

17. 车四退二　**红胜**

150

注

① 如改车 5 退 1,则马三进四,将 4 退 1,兵八平七,将 4 平 5,炮八进一,红胜。

结语

本局首着红弃车杀士,战鼓激越,由此揭开进军的序幕。如改走车三退一,将 6 退 1,车三进一,将 6 进 1,红方无计可施。以下红方几乎倾巢而出,攻势如水银注地,无孔不入,杀得黑方老将望风而逃。第 14 回合,"马三进四"铁骑闯营,直奔九宫,黑方情急之下,只好退马垫将,暂保其身,但黑将活动范围愈见狭小,形势更加雪上加霜。余下三个回合,红方挺兵将府,回马金枪,退车照将,弈来轻松潇洒,水到渠成。

第77局 控制人口——"人口"字

人口过快增长,是当今世界面临的一个十分严重的问题。人口问题不仅成了影响人类生活水平提高的一个巨大障碍,也成了人类环境恶化的一个重要原因。我国也面临这样的严峻挑战。如何化弊为利,变压力为动力,不仅将决定中华民族未来的命运,还将最终决定是推动还是危及全球的整体发展进程和全球的环境保护。人口问题,值得我们深思。

红先胜

1. 炮三退二
将6退1
2. 马四进六
象3退5①
3. 车一平四
马7退6②
4. 马一进三
将6平5
5. 中兵平六
将5平4
6. 后兵进一
将4平5
7. 后兵平六
将5平4
8. 车七进二
将4进1

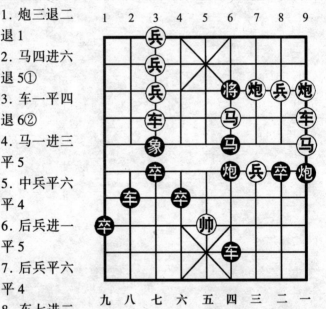

152

9. 马三进四　　红胜

注

①如改马 6 退 5,则车七平四,马 7 退 6,车一平四,将 6 平 5,中兵平六,将 5 平 4,车四进二,红速胜。

②如改将 6 平 5,则中兵平六,将 5 平 4,后兵进一,将 4 平 5,后兵平六,将 5 平 4,车七进二,将 4 进 1,炮七退二,象 5 退 7,兵二进一,亦九步胜。

结语

本局红方首着利用双炮连弩,猝然进炮底线,埋下伏兵。接着又妙手连发,挑起战端。第 3 回合弃车;第 5、第 6 回合接连弃兵;前者为活马路,兵者为明车路,形式不同,构思却是异曲同工;第 8 回合,红车直捣虎穴,迫将高悬,末着骏骑追风,杀入敌阵,马到成功,一锤定音,杀法干净利落。

第78局 天外有天——"天天"字

练棋如同练武，须谨记"学无止境"。不管在什么情况下，都不能不可一世，目中无人。即使是夺得了世界冠军，也不可以为真的是打尽天下无敌手了，须知"强中更有强中手，天外还藏天外人"。

红先胜

1. 前兵平五
车5退1①

2. 马六进四
将4退1

3. 马七进八
将4退1

4. 车三进二
车5退2

5. 炮四平六
马4退3②

6. 马四进六
前马退4

7. 车三平五③
马3退5

8. 马六进四④
马4退5

9. 炮六退二　　**红胜**

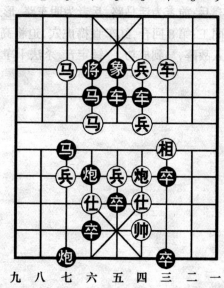

154

注

① 吃兵必然之着。如将4退1，则车三进一，马4退5，车三平五杀，红胜。

② 如改马4退5，则马四进六，马3退4，车三平五杀，红胜。

③ 兑车把七路黑马送进废品仓库，使其无所作为，利于红方攻杀。

④ 继兑车后的又一连续动作，把另一只黑马也送进废品仓库，使黑后方空无一人。

结语

本局红方眼看无法挽救黑方炮3退1的杀着，在这危急关头，一步前兵平五，看到了希望的曙光。接着双马盘旋，一炮翻飞消灭了对方一炮一卒而将死黑方。其实最精妙之处还在最后三着：先是兑车把七路黑马引向死胡同，接着跳马叫将又把另一只黑马拴住，最后黑将在无人救援下束手就擒。

第79局 文臻化境——"文化"字

红先胜

1. 炮七平四　士6退5

2. 炮四退三　士5进6

3. 马四进六　士6退5

4. 马六进四　士5进6

5. 马四进三　士6退5

6. 兵三平四　士5进6

7. 兵四平五　士6退5

8. 前兵六平五　士4退5

9. 马三退四	士5进6	10. 马四进二	将6平5①
11. 兵七平六	将5平4	12. 车八进六	将4退1
13. 炮四平六	后卒平4	14. 车八进一	炮5平2
15. 车七进七	将4进1	16. 马二进四	将4平5
17. 车七平五	将5平6	18. 炮六平四	将6进1
19. 兵五平四	**红胜**		

156

注

① 如改士6退5,则马二进四,将6进1,兵5平四,将6平5,车八进五,士5进4,炮四平五,将5平6,车八平六,将6退1,炮五平四,将6平5,兵七平六,红速胜。

结语

头两个回合,红炮纵横翻飞,浑如箭射,疾似流星,呼啸破空,震惊百里,其跨度之大,实为罕见。接下来的借炮使马、借炮行兵的移步换形、顿挫腾挪手法的运用,也出神入化;如红马跳到八·三位置(即钓鱼马),骑河红兵移到六路,方才以兵破士,旨在不让黑将平中;又如将三路红兵调到中线位置,既腾出马路,又为以后直指将府留下伏兵。这些都足见排局者的构思之巧。此后的杀法也精彩动人,双车复出,再弃一车,以车马炮兵的雷霆万钧之力突破黑方防线,正是"一千里色中秋月,十万军声半夜潮"。

第80局　八方呼应——"B"字

呼应：一呼一应，彼此声气相通。此局因红方各子互相照应，密切配合。

红先胜

1. 兵六平五
将6进1①

2. 兵四进一
马4进6

3. 兵三平四
将6平5

4. 兵四平五②
车5退1③

5. 车五进四
将5平4

6. 车五平六
将4平5

7. 马三进四
将5退1

8. 车六平五

红胜

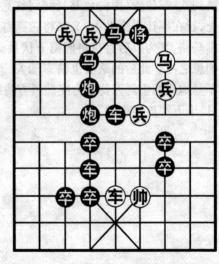

注

① 如改走车5退3,则车五进六,将6进1,兵四进一,马4进6,兵三平四,红速胜。

② 平兵叫将正确,逼黑车吃兵。如误走车五进三,红无

158

杀着,黑胜。

③ 只能吃兵,如将5平4,则兵五平六,再车五进三杀,红速胜。

结语

本局排局呈英文字母"B"字形。英文字母排局所见不多,而本局字形清晰、形象,实为难得。本局着法亦巧,如第5回合平兵叫将,逼黑车退后一步,然后再进车吃车叫将,使己方红车自然前移一步,为以后车马联将做杀打下基础,其构思甚值得称道。

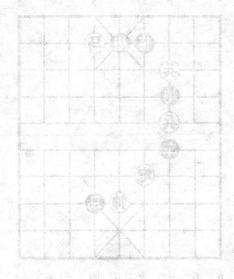

第81局　初生之犊——"C"字

语见《三国演义》第七十四回："俗云：'初生之犊不惧虎'"。原比喻年轻人大胆勇敢但缺少经验。现在多用于比喻青年大胆勇敢,敢于创新的精神。

红先胜

1. 前兵平六①
将4进1

2. 兵七平六
车3平4

3. 兵六进一
将4退1

4. 兵六进一
将4退1

5. 兵六进一
将4平5

6. 兵六平五
将5平6

7. 炮六平四
车4平6

8. 兵五进一

红胜

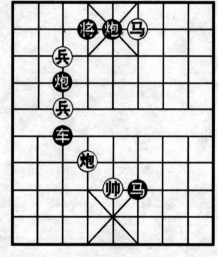

注

① 首着弃前兵引黑将高悬,以利于后兵的追杀,此乃引蛇出洞之计策也。

160

结语

　　此局首着弃兵引将迫其高悬,形成太监追皇帝的杀势,然后平兵步步追杀,直至擒获黑将。此局自始至终,除了红方一步动炮、黑方两步动车外,其余都是走兵与走将,这也是本局的一大特色。

第82局 老骥伏枥——"L"字

曹操《句出魏·步出夏门行》:"老骥伏枥,志在千里;烈士暮年,壮心不已"。本局红马最后一击,似伏枥之马突然发威;四路红兵直冲底线成为老兵,助红马建功,名副其实。

红先胜

1. 兵五平六① 前车平4

2. 兵六进一 将4退1

3. 兵六进一 将4退1②

4. 兵六进一 将4平5

5. 兵六平五 将5进1

6. 兵四进一 将5退1

7. 兵四进一 将5进1

8. 马五进三

红胜

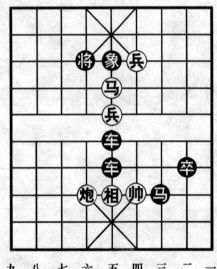

注

① 平兵叫将,形成太监追皇帝的杀势,红兵可以借助炮火的掩护,步步逼进。

162

②如改走将4平5,则兵四进一,将5退1,兵四进一,将5进1,马五进三,红速胜。

③弃兵引将为四路兵的进军创造条件。

结语

本局红方虽然少子,但配合默契,红兵在炮火的掩护下,直冲至黑方的下二路线,然后平至花心引将,壮烈捐躯。继而四路兵乘胜追击,直冲底线,断了黑将归路,最后蛰伏之马突然发威,一步功成,黑将只好俯首就擒。

二、图形局

第83局　天心月圆——圆月形

"海上生明月,天涯共此时"。每当十五的月亮照在家乡、照在边关之时,自然会引起戍边战士与亲人的共同思念,家人思念着远方的亲人,游子思恋着家人。

红先胜

1. 兵三平四①

将6退1

2. 炮八平四②

将6平5

3. 炮二平五

象5退3③

4. 兵六平五④

将5进1⑤

5. 马八进七

将5平4⑥

6. 马七进八

将4退1

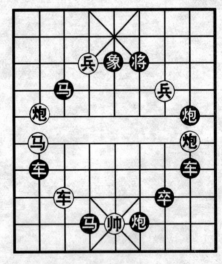

164

7. 车七进六　将4退1　　8. 车七进一　将4进1

9. 马八退七　将4平5　　10. 车七平五　将5退1

11. 马七进五　**红胜**。

注：

① 平兵叫将为平炮叫将作炮架,如改走兵六平五吃象,则黑将6退1,兵五进一,将6退1,以后红方无续攻手段,黑胜定。

② 平炮叫将既可挡住黑炮,又可移走己方马脚,使红马能自由奔驰,一举两得。

③ 如改走马3进5,则兵六平五,将5平4,兵五进一,将4退1,车七进七,红速胜。

④ 弃兵绝妙,引蛇出洞。

⑤ 黑方亦可不吃弃兵,但也无法挽救败局,试演如下:将5平4,马八进七,将4退1,马七进八,车2退5(如将4进1,车七进六,将4退1,车七进一,将4进1,车七平六杀),车七平六,车2平4,炮四平六,车4平2,炮四退四,车2平4,炮六进七,车8平5,帅五平六,车5进3,炮六平五,将4平5,车六进七,红胜。

⑥ 如改走将5退1则马七退五,将5平4,(如走象3进5,红则车七进六,将5退1,马五进六,将5平4,炮五平六,马后炮杀)马五进四,将4平5,兵四平五,象3进5,车七进六,红胜。

结语

本局红方通过双炮双兵的运动,逐渐地把黑将赶往左翼,靠近红方的火力范围。然后一声令下,三军齐发,铁骑纵横,车马临门,接着再继续缩小包围圈,把黑将赶往中路而歼灭之。

本局第4回合红兵平五喂吃,第10回合红车七平五兜底叫将,这两着实乃全局的精华所在。

第84局 且开笑口——口形

局名出自南唐·冯延巳《莫思归》词:"花满名园酒满觞,且开笑口对秋芳"。如图,正像一个正在畅怀哈哈大笑之口。

红先和

1. 兵三进一

将6退1

2. 车六进一①

将6退1

3. 车六进一

将6进1

4. 兵三进一

将6平5

5. 炮二进三

车6退6

6. 车六退一

将5退1

7. 兵三平四

车2平4②

8. 车六退三

马8进6③

9. 帅六退一　炮2平4　　10. 兵七进一　炮3平4

11. 车六退一　马6退4　　12. 兵七进一　卒7平6

13. 相五退三　卒6进1　　14. 兵七平六　炮4退6

15. 炮二平六　和

166

注

① 进车叫将是必要的过门着法,如直接走兵三进一,黑则将 6 进一,黑方胜定。

② 弃车神妙之着,似有柳暗花明又一村之感。

③ 如先走炮 2 平 4,红则相五进三,红胜定。

结语

此局红方仅有车炮双兵,而黑方则有双车马卒双炮。黑方虽然多子,但由于红方占位极佳,在红方强大的攻势下,黑方几乎陷于绝境。不料一步神来妙着,化解了红方的强大攻势,黑方通过先弃后取,以车炮换取一车而简化了局势,最后以马卒单象对红方炮兵单相而握手言和。

第85局 鸳鸯相对

局名取自唐·杜牧《齐安郡后池绝句》:"尽日无人看微雨,鸳鸯相对浴红衣"。

红先胜

1. 兵七平六
将5进1

2. 炮四退二
将5平4

3. 炮六退三
卒4进1

4. 兵六平七
卒4进1

5. 帅五退一
前卒进1

6. 炮四退四
卒6进1

7. 兵五进一
卒6进1

8. 兵五进一

红胜

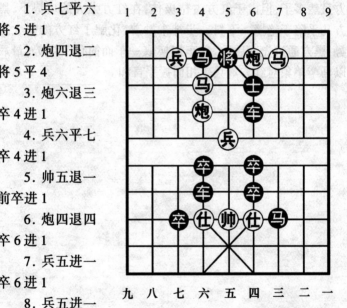

结语

是局双方子力相差悬殊,但红方凭借先行之利,自始至终先手在握。首着红兵叫将吃去黑马,继而"炮打二怪"连消带打,吃去黑双车,达成子力平衡。嗣后,双方子力重新集结,比

168

速度,抢时间,但红方利用黑将悬顶,红方兵临城下的有利条件,终于捷足先登。

此外,该局布子双双成对,故以"鸳鸯相对"为题。

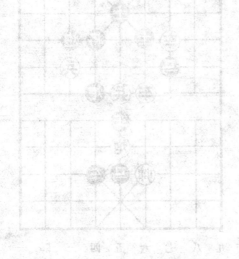

第 86 局　赛龙夺锦

每年的农历五月初五,是民间的端午节,民间流行龙舟竞渡,优胜者可夺得锦旗、奖杯,此局棋图酷似一只奖杯,故以此名之。

红先胜

1. 兵三进一　将6退1

2. 兵三进一　将6进1

3. 车七平六　士5进4

4. 车六进二　马3退5

5. 车六平五　将6平5

6. 兵五进一　将5退1

7. 兵五进一　将5退1

8. 兵五进一　将5平6

9. 兵三进一　　**红胜**

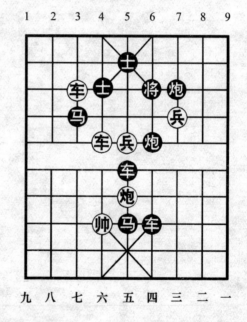

170

第87局　野渡虚舟

局名句取自宋·陆游《晚登横溪阁》诗句:"空桑客土生秋草,野渡虚舟集晚鸦"。

红先胜

1. 车三进三　将5进1

2. 前兵平五　将5平6

3. 兵四进一　炮4平6

4. 兵五平四　将6平5

5. 兵四平五　将5平4

6. 兵六进一　车4退7

7. 兵五平六　将4进1

8. 车三平六　将4平5

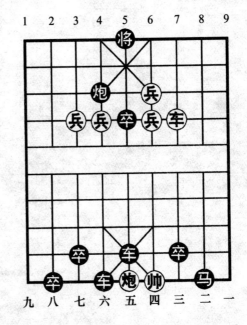

9. 车六平五　将5平4　10. 兵七平六　将4退1

11. 炮五平六　车5平4　12. 兵六进一　**红胜**

结语

此局构图有一种"雾露隐芙蓉,见莲不分明"的朦胧美,配

171

以局名的诗情画意，真让人心旷神怡。局中着法也空灵蕴藉，佳着迭出。红车兵配合，老帅外露，布下天罗地网，黑将只能听天由命。最后红方把九宫之内防守的炮也加入战团，终以"太监追皇帝"的杀法，令黑方束手就范。

图的上方仿佛是海上仙山，中间隔着一条河，下方集结一群盼望急于过渡的人们；恰似一幅"望山跑死马。隔河千里路"的写真。

第88局　纸鸢升空——风筝形

　　如图上方像一只凌空飞翔的风筝,而下方星散着七只棋子,好像是在放飞风筝和观赏风筝的人们。

红先胜

1. 车三进一①
将5进1

2. 炮六进一
将5进1

3. 车三平五
士6退5

4. 车五退一
士4退5

5. 炮六平五
士5进4

6. 炮四平五
将5平6

7. 马五退三
将6退1

8. 后炮五退七②　　将6退1

9. 炮五平四	卒7平6	10. 士四退五	卒6平5
11. 马三进四	卒5平6	12. 马四进二	将6平5
13. 马二退四	将5平6	14. 马四进三	卒6平5
15. 士五进四	卒5平6	16. 车七进一	将6进1
17. 马三进二	将6进1	18. 车七平四	**红胜**

173

注：

① 进右车还是进左车是大不相同的，这要等到七八步以后才可看出。

② 此时已看到了首着进右车的重要性，如进左车走车七进一，此时黑将在 4 路，因红方六路无士，不能形成杀局。

结语

是局首着是非常关键的一步，如误进左车叫将，因红方士在四路，六路没有炮架，不能成杀而导致失败。所以，每当棋图拿到手后，必须仔细审图，还要计算到七、八步以后的着法。

第89局　蜻蜓偷眼——蜻蜓形

局名取自宋·秦观《游鉴湖》诗句："翡翠侧身窥绿酒,蜻蜓偷眼避红妆"。

红先和

1. 前车进一
将5退1

2. 前车进一
将5退1

3. 前车进一
将5进1

4. 后车进三
将5进1

5. 前车平五
将5平4

6. 兵六进一
车4退4

7. 车五平六
将4平5

8. 车六退三
车5进1

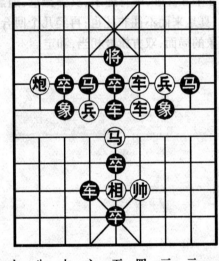

9. 车六平五　车5退2

10. 炮八平五　马8进9

11. 相五退七　马9进8

12. 炮五退五　卒5平6

13. 车四退五　马8退6

14. 兵三平四　马6退4

15. 兵四平五　将5平4

16. 兵五平六　将4退1

175

17．兵六平七　马4退3　和

结语

本局图状逼真,如展翅飞翔的蜻蜓,给人较高的美的艺术享受。

局中着法惊心动魄,令人目眩神迷。红方双车闹宫,如蛟龙入海,猛虎出山。黑方九宫内一片风声鹤唳,第6回合不得已弃车换兵解围;第10回合黑方开始反戈一击;第11回合红相五退七情非得已,否则黑马9进7,绝杀无解。第12回合黑卒5平6甚妙,解将还杀,反弹琵琶,逼黑方也尝以车换卒苦果,真是来而不往非礼也;再经几个回合的纠缠,形成炮相对马象的局面,双方旗鼓相当,和定。

第90局　火烬灰冷

火苗熄灭了,灰凉了。比喻时过境迁,或境况由兴盛转为衰落。本局黑势鼎盛,子力强大,红方利用腾挪手段,蚕食鲸吞地歼灭尽黑方外围生力军,终以车炮构成妙杀,恰似"火烬灰冷"。

红先胜

1. 兵六平五　炮8平5

2. 车九平五　士6退5

3. 车五平四　士5进6

4. 炮三平四　士6退5

5. 炮四平八　士5进6

6. 车四平三　士6退5

7. 车三平四　士5进6

8. 车四平一　士6退5

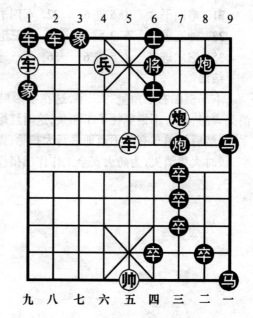

9. 车一平四　士5进6　　10. 车四平三　士6退5

11. 车三进三　将6进1　　12. 车三退四　将6退1

177

13．车三进四　将6进1　　14．车三退五　将6退1

15．车三进五　将6进1　　16．车三退六　将6退1

17．车三进六　将6进1　　18．车三退三　将6退1

19．车三平四　士5进6　　20．车四平二　士6退5

21．车二进三　将6进1　　22．车二退七　将6退1

23．车二平四　士5进6　　24．车四平一　士6退5

25．车一进七　将6进1　　26．车一退八　将6退1

27．车一进八　将6进1　　28．车一退三　将6退1

29．车一平四　士5进6　　30．炮八平四　士6退5

31．炮四平六　士5进6　　32．车四平三　车2进9

33．帅五进一　车2平7　　34．车三退五　士6退5

35．炮六进二　士5进6　　36．车三进八

结语

本局棋图右下角呈"火"字，这在字形局中实属少见。为消灭火患，红方不惜牺牲了车和兵，这时红炮来个漂亮的封车手段，然后红单车有条不紊地进行大扫除，先后除掉双马炮五卒，顿时火势消失，为防火安全工作作出楷模。

第91局　三角同盟——三角形

本局的局名只是因棋图形成三角而起。

如图红方仅马双炮兵,而黑方有双车马双卒的强大兵力,且一步进3路卒,即可成杀,请看红方如何持先行之利,抢先一步作杀。

红先胜

1. 炮二进四　　象3退5

2. 马四进二①　　象5退7

3. 炮一进六　　将4退1

4. 炮一进一②　　将4进1

5. 马二退四③　　象7进5

6. 马四退五　　将4退1

7. 炮二进一

红胜

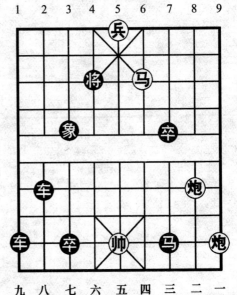

注:

① 必要的过门着法,目的是要把一路炮调到黑方的下二路线,为以后构成重炮杀打下基础。如直接走马四退五则黑将4退1,红方不能构成杀局而反要输棋。

179

② 也是非常必要的一步，是继马四进二后的一个连续动作。如马二退四，象7进5，下一步红方没有续着，黑方胜定。

③ 现在退马正是时候，下面再一个回马金枪，逼黑将退回二路线，好让二路炮进一构成重炮杀局。

结语

本局着法虽然不多，但对于马双炮的杀法具有实战指导意义。如第2回合的马四进二，第4回合的炮一进一等着法，都是初学者必须认真研读的必修课程。

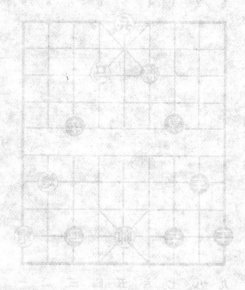

第92局　雁点青天——雁阵形

局名出自唐·白居易诗《江楼晚眺,景物鲜奇,吟玩成篇,寄水部张员外》:"风翻白浪花千片,雁点青天字一行"。

红先胜

1. 前车进三
将4退1

2. 炮四退一①
炮5退1②

3. 前车进一
将4退1

4. 炮四进一
炮5进1

5. 前车进一
将4进1

6. 炮四退一
炮5退1

7. 后车进六
将4进1

8. 后车退一
将4退1

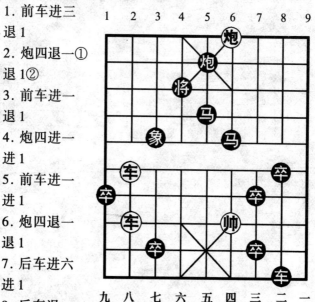

9. 前车退一　　将4退1　　　10. 后车平六　　马5退4

11. 车六进一　　**红胜**

注:

① 冷箭突发,一炮之功,似有千钧之力。

181

② 惟一的退点,如改走他着即负。如改炮5进1,则车八进一,炮4退1,车八进五,红速胜。

结语

由于红双车同处一直线,进攻路线变窄,黑九宫之内又有一炮防御,一时难以逾越雷池。于是靠着炮的穿针引线,红车得以腾挪顿挫,终于觑准时机,伺虚捣隙,克敌制胜。本局布子疏朗,结构宏阔,大有"天高云淡、望断南飞雁"的意境。

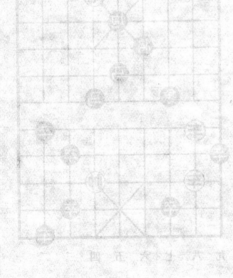

第 93 局　寒江独钓——鱼钩形

"千山鸟飞绝,万径人踪灭。孤舟蓑笠翁,独钓寒江雪"。柳宗元的一幅美妙雪景图,倾倒了历代不知多少骚人墨客。

本局因图形似一只钓钩,故借用之。

红先胜

1. 炮五退二　　将 5 平 4

2. 车五平六　　将 4 平 5

3. 炮五退二　　卒 5 进 1

4. 车六平五　　将 5 平 4

5. 车五退三　　炮 9 进 3

6. 车五平三　　炮 6 退 6

7. 车三平六　　将 4 平 5

8. 车六平五　　将 5 平 4

9. 帅五进一　　炮 9 退 6　　10. 车五平六　　**红胜**

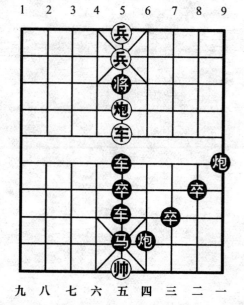

结语

本局红炮先后来两个空翻,斗倒了"二怪",自己也献身沙

183

场。然后红车独步盘面,面对黑方六个攻子。从容不迫地逐个消灭,"一车十子寒"。本局就是典型的一例,可供参证。

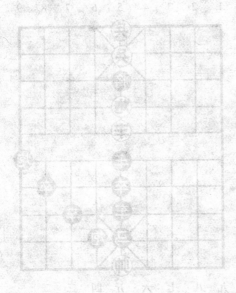

第94局　仙猿献桃——桃形

红先胜

1. 兵四平五　　将5平6

2. 兵五进一　　将6平5

3. 马二进三　　将5平6

4. 马三退五　　将6进1

5. 兵三平四　　炮6退6

6. 炮八平四　　炮6平3

7. 前马进六　　将6退1

8. 马五进四　　马8退6

9. 炮四进六　　**红胜**

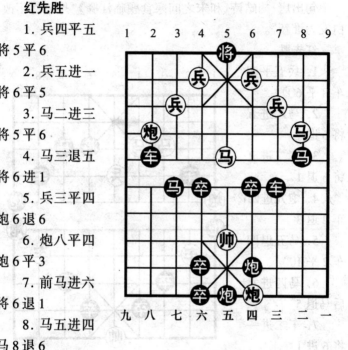

结语

本局黑方外围虽拥有强大兵力,内线却十分空虚。红方贯彻在局部战场以多打少,以强攻弱的作战方针,兵扼咽喉,双马狂舞,蹄如骤雨,势如奔雷。最后双杯献酒,连珠炮发,以漂亮的马后炮成杀。

185

第 95 局　丹心难灭——心形

　　句出唐·胡皓诗《和宋之问寒食题临江驿》"丹心终不改，白发为谁新"。

红先胜

1. 兵五平四
车8平6①

2. 马六进五
将6退1

3. 车二进五
将6退1

4. 炮九进四②
车2退3

5. 马五退四
车2平1③

6. 马四进六
后马退5

7. 车二进一
将6进1

8. 马七退五
车6平5

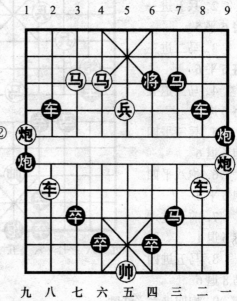

9. 马六退五　将6进1　　10. 车二退二　马5进7

11. 车二平三　**红胜**

注：

① 如改车2平6，则马六进五，将6退1，车八进五，将6

186

退1,炮九进四,红速胜。

② 进炮打将,拴链黑车,减少其威力,是类似局面下常用的战术手段。

③ 如改车2进6贪吃车,则马七进八,立即成杀。

结语

本局可分两个阶段。1~5回合,首着红平兵露帅助攻,第2回合红马深入腹地,埋下奇兵,第3回合轻车疾进,第4回合边炮发威助攻,第5回合"马五退四"蕴藏玄机,一系列着法雄健有力,两翼攻势比翼齐飞。后阶段的第6~11回合,红方"宜将剩勇追穷寇",车驰马奔,各领风骚,黑纵有双车一马的防守力量,但也难挽狂澜于既倒。

第96局　野草闲花——草花形

红先胜

1. 兵六进一
将5平4

2. 车六进三
将4平5

3. 炮九平五
炮7平5

4. 兵五平六
炮5平6

5. 车六平五
将5平4

6. 炮五平六
炮6平4

7. 车五平六
炮6退2

8. 兵六进一
将4平5

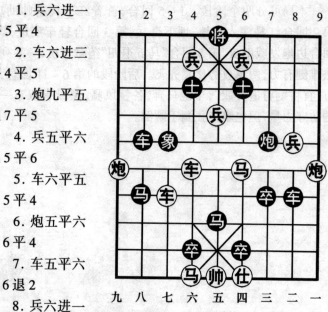

9. 车七平五　象3退5　　10. 车五进四　士6退5

11. 车五进一　红胜

结语

双方皆兵(卒)控制将(帅)门,剑拔弩张。红方凭先行之利,弃兵引将,红车杀士,炮镇中原,三板斧开路,连环杀手疾下,攻势大炽;反观黑方虽有一炮救驾,却势单力孤,杯水车

188

薪、无济于事,黑将终不免成刀下之鬼。局罢真有"将军鞍马今何处? 野草闲花满地愁"的感慨。

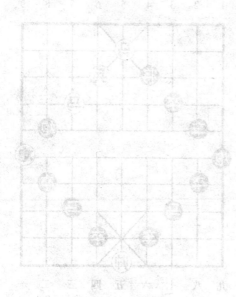

第97局　方阵奇兵——方块形

红先胜

1. 兵四平五
将 4 退 1

2. 炮一进四
炮 8 退 3①

3. 马五进三
将 4 退 1②

4. 后马进四
将 4 进 1③

5. 兵五平六
车 4 退 6

6. 马四退五
将 4 退 1

7. 炮一进一
炮 8 退 1

8. 马三退四
炮 8 进 2

9. 马五进四　**红胜**

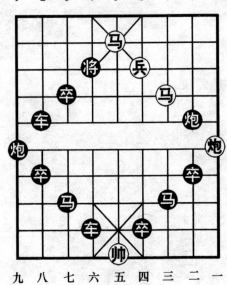

注：

① 如改将 4 退 1，则马五退七，将 4 平 5（如将 4 进 1 则马三进二），兵五进一，将 5 平 6，马三进二，红胜

② 如改炮 8 退 1，则马三进四，炮 8 进 1，兵五平六，车 4 退 6，马四退五，将 5 进 1，炮一进一，炮 8 退 1，马三退四，炮 8

190

进 2,马五进四,红胜。

③ 如改将 4 平 5,则兵五进一,将 5 平 4,炮一进一,炮 8 退 1,马三退二,炮 8 进 1,马四进二,红胜。

结局

本局局型优美,着法微妙。红黑双方子力相差悬殊。红方采用"围魏救赵"之计,孤注一掷。凭借帅力,集双马一炮一兵的力量,在黑方九宫内发难。双骑追风,龙骧虎步,黑方子力远离九宫,远水不救近火。虽有一炮在纠缠周旋,但难挡红方凌厉攻势,终于势穷力颓,城破将擒。

第98局　日东月西——日月形

句出自汉·蔡琰《胡笳十八拍》十六："十六拍兮思茫茫,我与儿兮各一方,日东月西兮徒相望,不能相随兮空断肠"。

红先胜

1. 前车进六　将4进1

2. 后车进八　将4进1

3. 前车平六　将4平5

4. 车六平五　将5平4

5. 车二平七　车2进4

6. 车五退七　炮1进5

7. 车七退四①　炮1平5②

8. 车七平六　将4平5

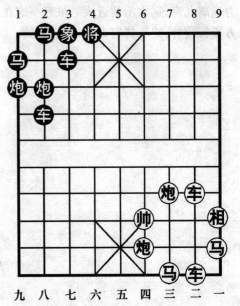

9. 车六平五　　将5平4　　10. 车五退二　　车2退1③

11. 车五平六　　将4平5　　12. 炮三平六　　将5退1

13. 炮四平五　　炮2平6　　14. 炮六平五　　将5平6

15. 车六进六　　将6退1　　16. 车六退一　　象3进5

192

17. 车六平五　马2进4　18. 车五进二　将6进1

19. 车五退一　将6退1　20. 车五平六　马1进2

21. 前炮平六　车2进1　22. 炮六退一　车2退3④

23. 车六退四　车2平6　24. 帅四平五　炮6平5

25. 炮六进一　车6平5　26. 帅五平六　炮5进6

27. 马三进五　车5进4　28. 马一进三　车5退4

29. 炮六平五　车5平4⑤　30. 车六进一　马2进4

31. 帅六平五　将6平5　32. 帅五退一　将5进1

33. 相一进三　将5退1　34. 炮五退一　马4进3

35. 马三进五　将5平4⑥　36. 马五进四　将4平5

37. 马四进五　马3退5　38. 马五进七　将5平4

39. 炮五进一　马5退6　40. 炮五平六　将4进1

41. 马七退六　马6进4　42. 马六进八　马4退3

43. 马八退七　马3进2　44. 马七进五　将4退1

45. 马五退六　马2退4　46. 炮六进三　**红胜**

注

① 如改相一进三或炮三退一亦可,但退车硬杀更紧凑一些。

② 如改将4退1,则车七平六,炮2平4,炮三平六,车2平4,车六平九,车4退1,车九退二,马2进3,车五平六,炮4进5,炮四平六,红胜定。

③ 如改车2平5,则帅四平五,将4退1,炮三平六,炮2平5,炮四平五,红胜。

④ 如改马2进3,则车六退一,马3进4,车六平四,将6平5,车四平五,将5平4,车五退五,红胜。

⑤ 如改车5平6,则马三进四,车6平5,车六进五,车5退4,炮五平四,红胜。

⑥ 如改将5平6,杀法同正变。

193

结语

本局布子奇特,棋型美观,凝练形象,临枰双方子力除一相(象)外,均是强子。局中着法,跌宕起伏,输攻墨守,勾心斗角,各运匠心,有先声,有波折,有高潮,有余势,令人拍案叫绝,不愧为大家手笔。

1～5回合,红方以双车攻杀,在运动战中歼灭一黑车,解除对己方帅府的威胁,而黑方旋即投桃报李,还以颜色,夺回一车。第7回合红车卷土重来,再据中线,并吃一炮。第11回合炮三平六甚妙,既挡住黑车,又伏杀着,开辟疆场,再擂战鼓,以下炮震秦宫,车驰汉水,尤其红车如干将出匣,寒光逼人,如啸如吼,逼得黑方接连献象、弃马解围。但黑方挡住暴风骤雨般的攻击后,不甘示弱,利用红帅高悬,子力壅塞的弊病,频频反扑,终于吃回一子。红方当机立断调整好阵容,迅捷集运子力,马从边陲跃至三路,红炮镇中,黑方计穷力竭,只好兑车解围,从而红方多子胜定。

第99局　阡陌交通——十字形

句出晋·陶渊明《桃花源记》:"阡陌交通,鸡犬相闻"。阡陌,田间小路,南北叫"阡",东西叫"陌",交通,相互交错。

红先胜

1. 马四进二
士6退5

2. 马三进四
士5进6

3. 马二退三
马8退7

4. 马四退六
士6退5

5. 前兵平五
将6平5

6. 前兵平五
将5平4

7. 马六进八①

车2退2

8. 炮三平六

车2平4

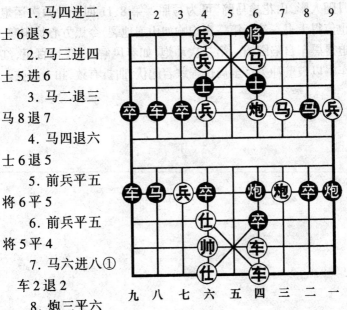

9. 兵五平六　将4平5　　10. 前兵平五　将5平6②
11. 炮四退四　炮6平5　　12. 炮四平五　炮5平6
13. 前车进二　炮9平6　　14. 车四进三　**红胜**

195

① 献马车口，神来之着，非大手笔不能弈出。

② 黑将经一番颠沛流离，又回到原位，但山河已不复识矣。

结语

本局 1~6 回合红马在炮的掩护下，往复奔走，取得兵掠黑士，占据花心的有利局面。这一段着法，富有诗情画意，"江月随人影，山花趁马蹄"可为写照。第 8、11 回合的两次运炮也值得大书一笔。第一次炮响如山崩地裂，令黑方心惊胆寒，迫得黑车自陷囹圄。第二次动炮，如春风解冻，震惊百里，红车得以破壁冲关。全局过程跌宕起伏，曲折有致，扣人心弦。

第100局 八阵图成——方块形

"功盖三分国,名成八阵图,江流石不转,遗恨失吞吴"。

八阵图是一则最古老的图形排局,它不仅布阵美观,布子对称,着法也十分精妙。

红先胜

1. 前车进一 将6退1

2. 前车进一 将6退1

3. 前车进一 将6进1

4. 后车进六① 将6进1

5. 后车退一② 将6退1

6. 前车退一③ 将6退1

7. 后车平四④ 士5进6

8. 车三进一 将6进1

9. 车三平四⑤ 将6退1 10. 前马进三 将6进1

11. 马三进二 将6退1 12. 炮一进五⑥ **红胜**

197

注

① 通过连续叫将,调动主力部队往前线集结。

② 如改走后马进三,则车 3 平 7,红方不能成杀,黑胜。

③ 第 4、5 两个回合的两步退车,是进军前的前奏曲,只等一声令下,就要发起猛烈的攻势。

④ 进军的号角已经吹响,先头部队已经打开了敌人的缺口。

⑤ 红方为了攻下桥头堡,不惜连弃双车,为后面的骑兵部队与炮兵部队的进攻扫清障碍。

⑥ 一颗重型炮弹,终于摧毁了敌人的坚固堡垒。

结语

本局战略上可分为两个阶段。从第 1～6 回合为战斗前的准备阶段;第 7 回合以后即转入战略上的攻坚阶段。红方通过连弃双车,然后骏骑奔袭,最后以马后炮作杀。这些想法出在古人的身上,不能谓之不巧。另外,这盘棋黑方除了一步动士外,其余从头至尾全部动将,这也是本局的一大特色。

第 101 局　方城失险——双菱形（一）

这是一对"孪生局"。这组"孪生局"呈双菱形,棋子布置形状完全相同,只是后一局棋子各向左移一行,有趣的是两局棋着法竟完全不同。请欣赏下法:

甲局红先胜

1. 马七进五
将6退1①

2. 炮六进一
将6进1

3. 兵三进一
马5进7

4. 炮六退一
将6退1②

5. 车七进七
马7退5

6. 马五退三
将6进1

7. 马三进二
将6退1

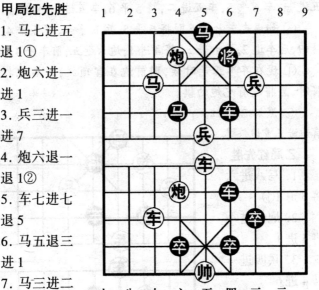

8. 炮六进一③　马5进6　9. 炮六退二　马6退5

10. 车七平五④　将6平5　11. 兵五平六　将5平4

12. 马二退四　将4进1⑤　13. 车五进四　将4退1

14. 车五进一　将4进1　15. 车五平六　**红胜**

199

注

① 如改走将6平5,则兵五平六,将5平6,车五进四,将6退1,炮六进一,红胜。

② 如不走将6退1,黑尚有两路变化:

甲、将6平5,兵五平六,马7进5,车五进三,将5平4,车五进一,将4退1,车七进七,红胜。

乙、将6进1,车七进五,马七进5,车七平五,将6平5,兵五进一,车6平5,车五进二,将5平6,车五进一,红胜。

③ 如误走车七平五则将6平5,兵五平六,将5平4,马二退四,后车退2,炮六进三,将4进1,炮六退五,前车平4,黑胜。

④ 现在弃车正是时候,因前炮在宫顶线,红后炮打马叫将时,黑将没有吃炮的棋。

⑤ 黑如吃马,红有炮进三重炮杀棋。

乙局红先胜

1. 马八进六
将5退1①

2. 炮七进一
将5进1

3. 兵四进一
马4进6

4. 炮七退一
将5退1②

5. 车八进七
马6退4

6. 马六退四
将5进1③

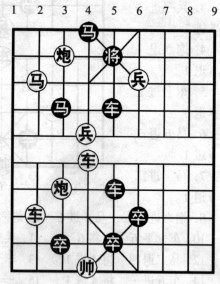

1　2　3　4　5　6　7　8　9

九　八　七　六　五　四　三　二　一

200

7. 马四进三　将5退1　8. 车八平六　将5平4

9. 兵六进七　马3退4　10. 车六进四　将4平5

11. 车六进一　**红胜**

注

① 如改走将5平4,则兵六平七,将4平5,车六进四,将5退1,炮七进一,红方速胜。

② 如改走将5平4,则兵六平七,将4平5,车六进四,将5退1,车八进七,马6退4,车八平六,红胜。

③ 如改走将5平6,车八平六,后车退3,马四进六,马3退4,车六平四,马四进六,车四进三,红胜。

结语

这组"孪生局"布子有趣,着法奇巧。两局棋一开头都是采用马炮兵联合作战,接着弃兵拓宽马路并引开黑马,使七路红车顺利开赴前线参战,并通过弃车,从中路杀开一条血路,最后以车马配合成杀。乙局因右移一路,着法较之甲局相对简单一些。

第102局 巧解连环——双菱形(二)

句出宋·周邦彦《解连环》:"纵妙手,能解连环,似风散雨收,雾轻云薄"。

本局首三着红兵叫将、进兵杀士、跳马叫将,从中路发难,直奔主题,犹如妙手巧解连环。

红先胜

1. 兵四平五①
将4退1

2. 兵五进一②
将4平5

3. 马四进五③
将5平4

4. 车四进三
将4退1

5. 车四进一
将4进1

6. 马五进四
将4平5

7. 车四平五④
将5平6

8. 炮五平四
后车平6

9. 车五退一　将6退1

10. 马四进二　红胜

202

注

① 入局佳着！本局的点睛之笔。

② 一计不成又生一计，弃兵引将，为进马叫将铺平道路。

③ 后方的骑兵部队顺利开赴前线参战，为车马炮联合作战奠定了物质基础。

④ 一步平车叫将，把黑将逼上了绝路。

结语

本局红方在似已无法挽救的危局中，突发灵感，弈出了兵四平五的好着，逼退了黑将，继而弃去中兵为后方马队开赴前线铺平道路。

此后红方车马炮三军协同作战，杀得黑将闻风丧胆，仓皇四逃，终至束手就擒。

第103局　绾结同心——双菱形(三)

局名出自唐·刘禹锡《杨柳枝》词："如今绾作同心结,将赠行人知不知"。绾,系、盘结。如图是两个连着心的菱形,构成优美的对称,似心心相印的连环同心结,给人无限愉悦的美感。

红先胜

1. 车四平五①

将5平4

2. 炮七平六

士4退5

3. 炮六退三

士5进4

4. 兵六平七②

士4退5

5. 车五平六

士5进4

6. 车六进二③

将4平5④

7. 车六平五

将5平4

8. 兵七平六

马5退4

9. 兵六进一　**红胜**

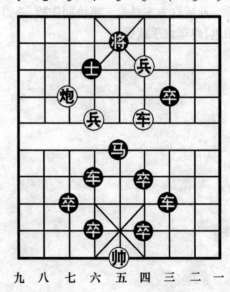

注

① 赶黑将至六路线,为平炮叫将打车开道。

② 平兵为平车叫将让路。

③ 弃车叫将妙!红方不敢吃车。

④ 如将4进1吃车,则红兵七平六杀。

结语

本局红方在对方大兵压境之际,临危不乱,沉着应战,在少子的情况下,利用红车平中驱将、平炮叫将并翻炮打车,然后再平兵让开车路,继而弃车攻杀。第6回合红方弃车是这局棋的精华所在,如改走车六平三抽吃黑车,则黑方退士解着后,形成了三卒并进,直接威胁红帅,黑有取胜的可能,读者可从中细细品味。

第104局 剑光照空——剑形(一)

局名句出自唐·李贺《秦王饮酒》诗:"秦王骑虎游八极,剑光照空天自碧"。

红先和

1. 炮五退二
将5平4

2. 车五平六
将4平5

3. 炮五退二①
马5进7②

4. 相五进三③
炮5退3

5. 帅四退一
后炮平6④

6. 车六退五⑤
马5退4

7. 相三退五
炮6退5

8. 车六退二
炮6平5 **和**

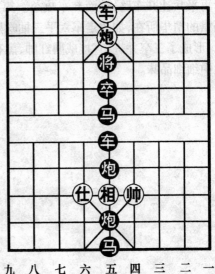

注

① 红炮两步翻飞似舞剑之态,特别是此着又带着叫将,更是点题之笔。

② 如改走马5退6,则红士六退五,红方好走。

③如不走相五进三吃马,而改走帅四退一,发展下去,对红方不一定有利。

④如改走前炮平6,车六退五,马5退4,帅四平五,炮6平5,帅五平六,红胜。

⑤如改走帅四平五,则炮6退4,车六退一,炮6平5,车六平八,后炮退一,帅五退一,和。

结语

本局红炮两步翻飞,消灭黑方一车一卒,又以一炮换马;继而黑方为争取和棋不得不再弃一马;最后以将前将后的担子炮守和。这种典型守和定式,对初学者有着实战指导意义。

第105局　长剑倚天——剑形(二)

局名取自唐·李益《过五原胡儿饮马泉》诗:"几处吹篛明月夜,何人倚剑白云天"。

红先胜

1. 前马退七
将5平6
2. 马五进三
将6退1①
3. 马三进五
将6进1
4. 马五退三
将6退1
5. 车五进三
将6退1
6. 车五进一
将6进1
7. 马三进五
将6进1
8. 车五平四

红胜

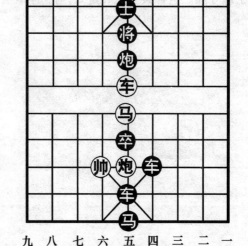

注

① 如改炮5平7,则车五进二,将6退1,车五进一,将6退1,车五进一,将6进1,马三进五,将6进1,车五平四,红胜。

208

结语

红方局势危如累卵,解围已然无望,只好背水作殊死一拼。于是车双马倾巢出动,三军用命,排列纵横,横扫千军,攻势犹如"涛似连山喷雪来。"在黑方暴风骤雨般的打击下,黑将手足失措,无处栖身,最终亡命天涯,身首异处。读此局眼前不禁浮现出"倚剑白云天"的执干戈卫社稷的将士形象。

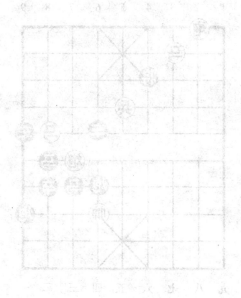

第106局 倚剑长歌——剑形(三)

句出元·元好问《横波亭》诗:"倚剑长歌一杯酒,浮云西北是神州"。

红先胜

1. 兵五平六 将4退1

2. 炮三平六 车6平4

3. 兵六进一 将4退1

4. 兵六进一 将4平5

5. 兵六进一 将5进1

6. 马二进四 将5平6

7. 炮六平四 马8退6

8. 马四进六 马6退5

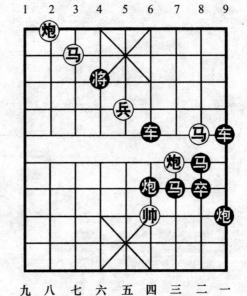

9. 炮八退一　将6进1　　10. 马六进五　**红胜**

结语

一般来说,有车的加入,棋局即充满了气势磅礴的阳刚美;马炮兵的攻杀,则属轻盈蕴藉的阴柔之美。这正如"大江东去",固然令人慷慨激昂,"晓风残月"也一样使人流连忘返。

　　本局局名即透出豪壮之气,再辅以栩栩如生的图形,摇曳多姿的着法,可说是一则上乘的佳作。局中黑方虽藩篱俱无,但双车马炮的防守力量还是不菲。红方无车,靠着双马双炮一兵的丝丝入扣、水乳交融的珠联璧合,以弱胜强,既展示了排局的引人入胜的美学价值,也可作初学者的实战的圭臬。

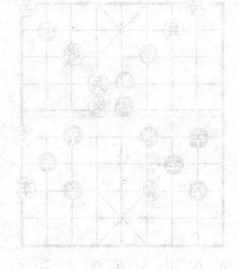

第 107 局　双剑合璧——"双剑"形

"双剑合璧"经常见诸武侠小说。据说:"双剑合璧威力倍增"。象棋也是如此,子力如能配合默契,便可长时间优势在握,甚至能制敌于死地。本局就是一例。

红先胜

1. 兵四进一　炮5退1

2. 兵四平五　将4平5

3. 马一退三　将5平6①

4. 马八退六　将6退1

5. 马六退五　将6进1②

6. 马三进五　将6平5

7. 炮四进二　将5退1

8. 兵七平六　将5退1

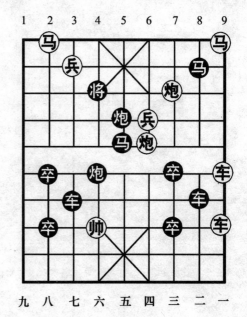

9. 前车进五　马8退6　　10. 前车平四　将5平6

11. 车一进七　车8退6　　12. 车一平二　**红胜**

212

注

① 如改将 5 退 1,则兵七平六,将 5 平 6,炮三平四,将 4 进 1,前车进三,将 6 退 1,马三退四,马 8 进 6,马四进六,红胜。

② 如改将 6 平 5,则兵七平六,即胜。

结语

本局拟局时只求图形形象,并未考虑到布子及子力之间配合的问题。但局中着法及子力的分布无意间吻合了局名。试看,图中红方各兵种皆成双配对,同局名不期然而名副其实,着法也相当微妙;第 2 回合,红兵闯宫杀炮,深入腹地;第 3~6 回合,两匹骏骑上下盘旋,忽左忽右,忽进忽退,出神入化,令人眼花缭乱。第 8 回合平兵叫将,点中要穴,使黑将暴露在红车火力之下。如果说前面马炮兵的攻杀使黑将"已是黄昏独自愁",而黑车的参战是"更著风和雨"。第 10 回合前车平四,妙着惊人,点铁成金,炸掉了黑方最后一个桥头堡,胜利的取得,乃顺理成章,水到渠成。

第108局 六出飞花——雪花形

句出唐·高骈诗《对雪》:"六出飞花入户时,坐看青竹变琼枝"。六出,雪花呈六角形,故以"六出"称雪花,今再移植为局名。

红先胜

1. 兵六进一①

将5平6

2. 马五进三②

炮6平7

3. 车四进四③

士5进6

4. 炮六平四

士5退6

5. 马三退四④

炮7平6

6. 马四进五

炮6平8

7. 马五退四

炮8平6

8. 兵六平五

红胜

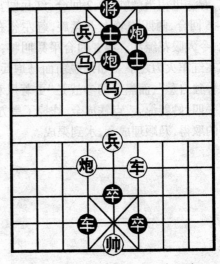

注

① 取胜的关键! 如走兵六平五,则将5进1,马六进七,将5退1,以下无杀着,黑胜。

214

② 此着为诠正着法。另有一着法为兵六平五,炮5退2,马五进三,炮6平7,车四进四,士5进6,炮六平四,士6退5,马六退四,士5进6……下略。

③ 弃车杀士为左炮右移形成借炮使马的杀势创造条件。

④ 以下红方用借炮使马的杀法,取掉黑方中炮后,用形同车心马角的杀法取胜。

结语

本局红方首着进兵叫将乃取胜之关键,若误走平兵叫将则反败。第二着原谱着法为兵六平五,虽然亦能取胜,但较为繁琐,不如今变之干脆。第三着弃车后,左炮右移形成借炮使马的杀势,以后马借炮威,左盘右旋取掉黑中炮这个绊脚石,最后用形同车心马角的兵六平五叫将,使黑将无处可逃。

第109局 杠桥锁溪——桥形

此局选自清代四大排局谱之一《心武残篇》。局中布子如杠桥(独木桥)形状,横断棋盘,是以命名。这是目前所见到的最早图形排局,有棋史参考价值,故特选入本书。

红先和

1. 车三平四 仕5进6

2. 车五进二 将6进1

3. 兵二平三

至此,黑有两种主要应法,分述如下:

甲、卒6进1

3. …… 卒6进1

4. 帅五平四 士6退5

5. 兵三进一 将6进1

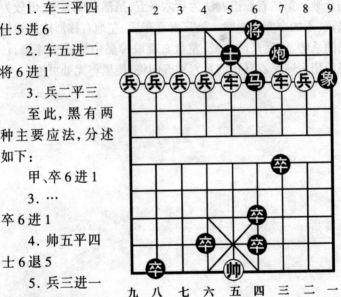

6. 兵六平五　将6平5　　7. 车五平一　卒4平5

8. 车一退二　士5进6　　9. 兵七平六　将5退1

10. 兵三平四　将5平6　　11. 车一进一　将6退1

12. 车一退七　卒6进1　　13. 车一平四　卒5平6

216

14. 帅四进一　卒7平6　**和**

乙、卒4平5

3. ……　　　卒4平5①　　　4. 车五退八　卒6平5

5. 帅五进一　炮7平9②

6. 兵六平五　士6退5　　　7. 兵三进一　将6退1

8. 兵五进一　炮9平5　　　9. 兵七平六　卒7平6

10. 兵六进一　炮5退1　　　11. 帅五平六　前卒平5

12. 兵六平五（原谱为黑劣红胜）

注

① 如黑方改走炮7平6,车五进一,则红胜。

② 黑方可改走象9进7,则兵三进一,将6退1,兵六进一,卒7平6,兵七平六,后卒平5,前兵进一,卒5进1,前兵平五,将6平5,兵三平四,卒5进1,帅五平六,卒5进1,帅六进一,卒6平5,黑胜。

为使本局红先和着法成立,可增添一路红相。成副图。

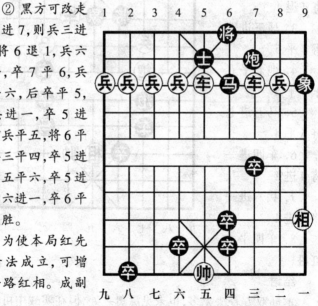

副图

217

第110局　明月团团——月形

语本出自汉·班婕好《怨歌行》:"裁为合欢扇,团团似明月"。

红先胜

1. 兵七平六
将4退1

2. 车四进一
将4退1

3. 马三进五
将4平5

4. 炮七平五
车7平5

5. 马五进七
将5平4

6. 车四进一
将4进1

7. 兵六进一
将4进1

8. 车四平六

红胜

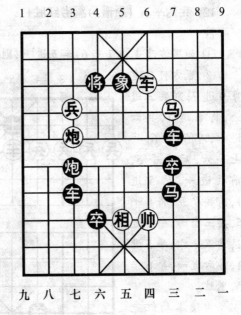

结语

本局双方着法无多,也未见深奥之处,但在实战中可以经常习用,图形也颇具观赏性,并使人产生联想。红方以车马兵穷追猛打,步步紧逼,着着要命,一气呵成,不给黑方有喘息之机。其中第4回合炮七平五,弃炮并非多此一举,实为马跳卧槽腾道。这些都必须用心体味方能解得其中三昧。

三、对称趣局

第111局　口碑载道

局名句取明·张煌言《甲辰九月感怀在狱中作》："口碑载
道是还非,谁识蹉跎心事违"。

红先和

1. 兵四平五
将4平5

2. 前车平五
将5平4

3. 车四退一
将4退1

4. 车四进一
将4进1①

5. 车五平六
将4平5

6. 车六平五
将5平4

7. 车五退七
卒4进1

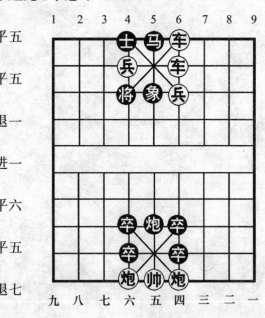

220

8. 帅五平六② 卒4进1 9. 帅六平五 后卒平5

10. 车四退七 卒5进1 11. 车四平五 卒4平5

12. 帅五进一 和

注

① 如改炮5退6,则车五退一,士4进5,车四平五,将5退1,炮六进二,卒6平5,车五退七,卒4平5,帅五进一,红胜。

② 如改炮四平六,则卒4平5,炮六进四,卒5进1,帅五平六,卒6进1,车四退六,卒6平5,黑胜。

结语

本局布子奇兀,图形设计新颖独特,双方勾心斗角都在九宫之内,堪称奇绝。红方首着如误走炮四进二打卒,黑方可前卒进1,帅五平六,卒4进1,帅六平五,卒4进1,黑方轻松取胜。第7回合红"车五退七"两害相较取其轻,以车换炮解杀排险,着法明智,如恋车不舍,必遭败局。此后,双方输攻墨守,应法俱正,于是河清海晏,化干戈为玉帛。

第112局　蝶穿篱出

局名句摘自清·车研诗《野塘》："蝶穿篱出如迎客，一径秋风红蓼花"。

红先胜

1. 马二进四
将5退1

2. 炮三进一
将5进1

3. 炮二进六
炮7退7

4. 马六退七
将5进1①

5. 马四退三
将5平4

6. 马三退五
将4平5

7. 马七退六
马3进4

8. 马五进三
将5平4

9. 兵八平七　**红胜**

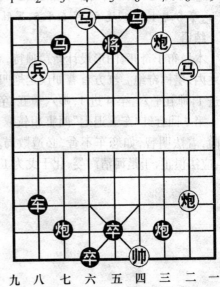

注

① 如改将5平4，则马七退五，将4平5，马五进三，将5平4，马四进六，将4进1，兵八平七，红胜。

222

结语

本局着法工巧,造型优美,双马盘旋腾跃,如蛱蝶在竹篱花丛间翩翩翻飞,十分形象,故以"蝶穿篱出"命名。最妙的是该局不像一般排局,通过大量弃子、吃子来完成杀局或达到和局,至终局时,图上的子力俱在,可谓,"兵不血刃"、"全师而返"。

第113局　鱼吹细浪

局名出自唐·杜甫诗《城西陂泛舟》："鱼吹细浪摇歌扇,燕踏飞花落舞筵"。

红先胜

1. 车三进三
将6退1①

2. 车三平四
将6进1

3. 马五进三
将6退1

4. 马三进二
将6进1

5. 马二退四②
将6进1

6. 兵五进一
将6退1

7. 兵五平四③
将6进1

8. 马七退六
将6退1

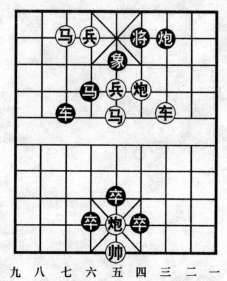

9. 兵六平五　将6退1　　10. 马六进四　**红胜**

注

① 如将6进1,则兵五进一,将6平5,车三退一,马4退6,车三平四,红速胜。

224

② 精妙之着,如飞蛾扑火,杀身成仁,为红兵杀象预作安排,可谓深谋远虑。

③ 再次献吃,引出带将吃去黑马,为获胜关键。

结语

本局图形对称、美观,黑三卒压境,咄咄逼人,红方局势岌岌可危,而且红炮已被困吃,插翅难飞。然而正是这一命悬丝的红炮,死灰复燃,两次协助红兵攻城破寨,使局势回黄转绿,导演了一则精彩的杀局。可谓"鹤鸣九皋,声闻于野"(皋,沼泽。鹤鸣于沼泽的深处,很远都能听见它的声音)。

第 114 局　高屋建瓴

《史记·高祖本纪》："(秦中)地势便利,其以下兵于诸侯,譬犹居高屋之上建瓴水也"。意谓居高临下,不可阻挡之势。

红方退炮居高临下,势不可挡也!

红先胜

1. 兵七平六
将 4 退 1

2. 炮七平六
士 5 进 4

3. 兵六平五
将 4 平 5

4. 兵五进一
将 5 平 6

5. 炮六平四
士 6 退 5

6. 兵五平四
将 6 进 1

7. 炮四退三

红胜

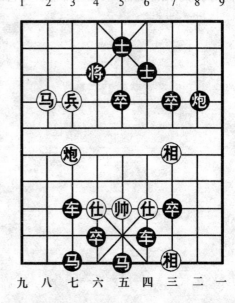

结语

本局是马炮兵联合作战的典型范例。第 3 回合红兵横扫中卒,使红帅有控制中线的作用,继而兵冲炮轰,居高临下如高屋建瓴,第 6 回合红兵五平四献身将口,谱写了一曲壮烈的凯歌,为本局获胜关键。

第 115 局　回清倒影

本局双方子力相等,列阵对称,图案美观,布子不落窠臼而匠心独运;局名神韵袭人,诗情画意盎然,令人如同徜徉于"山光秀可餐,溪水清可啜"的山水画廊。尤为难得的是枰面实战残局味道浓郁,着法动人而丝丝入扣,实为不可多得的排局精品。该局变化繁复,考虑到其中偷营劫寨、移步换形等多种技巧,对广大象棋爱好者有很大的借鉴作用,故以较长的篇幅介绍。

红先胜

1. 兵九平八:以下黑有四种应变法即:甲.炮2平4,乙.车3退6,丙.卒9平8及丁.车3退8,以下分为四局介绍。

甲局:炮2平4
(如副图1)

1. 炮二平四　炮4平6①

2. 帅五进一　炮6退8②

3. 炮四平六　将5进1

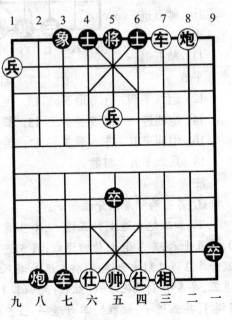

227

4. 车三退一
车 3 退 1

5. 帅五退一
卒 9 平 8③

6. 炮六退四
车 3 退 4

7. 兵五平四
车 3 进 5

8. 炮六退五
车 3 退 7

9. 炮六进八
车 3 进 7

10. 帅五进一
车 3 退 1

11. 帅五退一
车 3 平 6

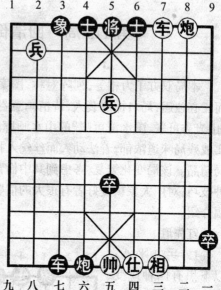

副图 1

12. 炮六平四　车 6 退 5　　13. 兵八平七　卒 8 平 7④

14. 炮四进一　将 5 进 1　　15. 车三退四　车 6 平 5⑤

16. 炮四平五　车 5 平 3　　17. 兵七平六　将 5 平 4

18. 兵六平五　**红胜**

注

① 另有两种着法分述如下:

甲、如改炮 4 退 4,帅五进一,车 3 退 1,帅五退一,炮 4 平 5,帅五平六,车 3 退 4,炮四退四,将 5 进 1,车三平六,车 3 退 2(如车 3 进 2 则车六退一,将 5 退 1,兵八平七,车 3 平 4,车六退五,卒 5 平 4,兵七平六,红胜;又如车 3 平 6 则车六退一,将 5 退 1,兵五进一,红胜),车六退一,将 5 退 1,兵八平七,将 5

228

平6,车六进一,将6进1,兵五平四,将6平5,兵七平六,将5进1,兵四平五,红胜。

乙、如改炮4退7,则帅五进一,车3平6,(如卒9平8,则炮四退四,将5进1,炮四平九,炮4平1,车三平六,车3退5,帅五平六,车3平1,车六退一,将5退1,兵五进一,红胜),炮四退八,将5进1,车三平六,车6平4,(如:卒9平8则车六退二,卒8平7,帅五平六,车6退1,帅六退一,卒5进1,车六进一,将5退1,兵五进一,红胜),炮四进四,车4退5,兵八平七,将5平6,车六退一,将6进1,车六平五,车4平6,兵七平六,红胜。

② 如改炮6退7(如炮6退5则炮四退二,将5进1,炮四平九,将5平6,车三平六,红胜),兵八平七,将5进1,车三退一,炮6退1,兵七平六,将5平4,车三平四,将4进1,车四退一,将4退1,兵五进一,红胜。

③ 另有两种着法:

甲、如改车3平6,则炮六平四,车6平2,兵五平四,车2退4,兵四进一,将5退1,兵四进一,车2平5,兵八平七(如炮四平一,则卒5平4,帅五平六,车5进5,帅六进一,卒4进1,帅六进一,车5平4,红方功亏一篑,黑胜),卒5平4,帅五平四,卒9平8,兵七平六,车5进5,帅四进一,卒8平7,车三退七,车5退1,帅四退一,车5平7,兵四平五,红胜。

乙、如改卒5平4(如卒5平6,则炮六退一,卒6进1,兵五进一 红胜),帅五平四,卒9平8,车三平四,将5退1,炮六退四,车3退4,兵八平七,卒8平7,炮六平五,车3平5,兵七平六,红胜。

④ 另有两种着法:

甲、如车6进5,则炮四退二,将5进1,车三退一,将5退

229

1,炮四平八,红胜。

乙、如将5进1,兵七平六,将5平4(卒8平7,车三退七,车6退2,车三进二,红胜),兵六平五,将4平5,炮四进一,车6退3,兵五平四,红胜。

⑤ 如改车6进3,则车三平五,将5平4,炮四平六,卒8平7,车五进四,卒7平6,兵七平六,红胜。

乙局:车3退6(如副图2)

红先胜

1. 仕六进五 炮2退6

2. 炮二平四 将5进1①

3. 炮四平五 车3进6②

4. 仕五退六 炮2进6

5. 兵五平四 将5平6③

6. 炮五退三 车3退6

7. 仕六进五 卒9平8

8. 帅五平六 车3平4

副图2

9. 仕五进六 车4进4		11. 炮五平九 车4平1
10. 帅六平五 车4退5		

9. 仕五进六 车4进4 　 11. 炮五平九 车4平1

10. 帅六平五 车4退5

12. 兵四进一 车1平6 　 13. 炮九进二 士4进5

14. 车三退一 将6退1 　 15. 车三平五 红胜

注

①另有两种着法：

甲、如改走车3平5,则炮四退二,将5进1,炮四平九,炮2平4,炮九进一,炮4退2,车三退一,将5退1,车三平六,红胜。

乙、如改走车3进6,则仕五退六,炮2进6,炮四平六,将5进1,炮六退三,车3退6,(如卒5平4,则炮六平九,车3退6,仕六进五,车3平1,车三退一,将5退1,兵八平七,车1进6,车三退四,炮2平6,仕五退六,炮6平4,相三进一,车1退7,车三平五,卒4进1,兵七进一,卒4进1,兵五进一,红胜),仕六进五,卒5平4,相三进五,卒9平8,兵五平四,车3进6,仕五退六,车3退7,仕六进五,炮2退6,车三退一,将5退1,兵四进一,车3平6,兵八平七,象3进5,兵七平六,炮2退3,车三平五,将5平6,炮六平五,红胜。

②另有两种着法

甲、象3进5,车三退一,将5退1,兵五进一,车3平6,兵八平七,炮2平5,兵七平六,将5平6,帅五平六,炮5进2,兵五进一,红胜。

乙、将5平6,车三退一,将6进1,兵五平四,炮2平6(若车3平6,则炮五平七,炮2平5,帅五平六,炮5退2,车三退一,将6退1,车三平六,车6平3,车六退三,炮5进1,炮七平九,车3进3,炮九退一,士4进5,车六平四,炮5平6,车四平一,车3平4,帅六平五,炮6平5,车一进四,将6退1,车一平五,车4退4,车五平三,红胜),车三退二,将6退1,兵八平七,象3进1,兵七平六,卒9平8,仕五退六,卒8平7,炮五平一,卒7平6,士四进五,卒5进1,炮一退三,红胜。

③如改将5平4,则车三退一,将4进1(若士4进5,炮五

231

退六，车3退3，仕六进五，车3平5，兵八平七，将4进1，车三退一，象3进5，车三退三，车5平4，仕五进六，车4平5，帅五平六，象5进3，车三平八，将4平5，仕六退五，车5平四，帅六平五，车4退3，车八平五，将5平4，仕五进六，车4进4，车五进四，炮2退8，车五进一，红胜)，车三退一，将4退1，车三平八，车3平4，帅五进一，车4退1，帅五退一，炮2平6，兵四进一，将4平5，炮五平七，红胜。

丙局：卒9平8 **(如副图3)**

　　1. 炮二平四
炮2平4①

　　2. 兵八平七
炮4退4②

　　3. 帅五进一
车3退1

　　4. 帅五退一
炮4平5

　　5. 帅五平六
车3退4

　　6. 炮四平六
将5进1

　　7. 兵七平六
将5平6

　　8. 兵五进一

红胜

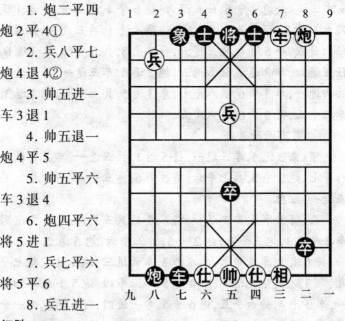

副图3

　注

　　① 如改车3退6，则仕六进五，车3平5，炮四退二，将5进1，炮四平九，将5平6，车三平六，车5平3，车六退一，将6

232

进1,车六退一,红胜。

②如改炮4退8,则帅五进一,车3退8,兵五进一,车3进7,帅五退一,士4进5,炮四平七,士5退6,炮七平四,红胜。

丁局　车3退8(如副图4)

1. 仕六进五
车3平2

2. 炮二平四
车2进3

3. 炮四退五
将5进1

4. 车三平六
车2平3

5. 帅五平六
车3进5

6. 帅六进一
车3退3

7. 车六退一
将5退1

8. 炮四平五
将5平6

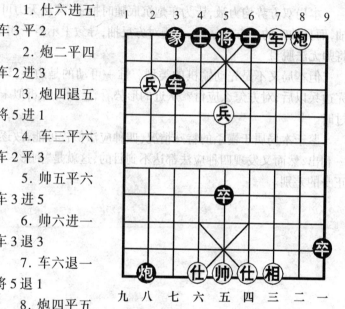

副图4

9. 车六平三	车3平4	10. 仕五进六	车4退1①
11. 兵五平四	将6平5	12. 兵四进一	将5平4
13. 车三进一	将4进1	14. 兵四平五	炮2退8
15. 车三平七	车4平5	16. 车七退一	将4退1
17. 兵五平六	将4平5	18. 车七平八	**红胜**

注

①如改车4退4,则车三进一,将6进一,车三平七,炮3

233

平 7，车七退一，将 6 退 1，车七退三，炮 7 退 7，车七平四，炮 7
平 6，车四平五，卒 5 进 1，仕四进五，炮 6 进 6，帅六退一，车 4
平 6，兵五进一，车 6 进 3，兵五进一，红胜。

结语

本局双方势均力敌，皆为车炮沉底随时抽子，然又无力可
抽，而且抽吃的一方车暴露，必遭对方反抽，导致上不得士相，
将帅无法脱身

但本局又不是先动输棋的类型。惟一可动的是边兵，动
完边兵以后，对方怎么应付？从近的形势看，上面的分析似未
过时。

鉴于本局属于慢杀的特殊情况，四种应法似皆可能，故逐
一刊出，然而又发现四种应法都达不到目的，这就是"倒影"与
正身的差别。

第116局　高山滑翔

如图下方像一只三角形的高山滑翔机,张开翅膀,展翅飞翔,滑向远方。

红先胜

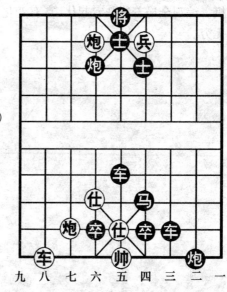

1. 车八进九
士5退4

2. 炮七进八
士4进5

3. 炮七退一
士5退4

4. 兵四平五①
将5平6②

5. 车八平六
炮4退2

6. 炮七进一
炮4进7

7. 炮六进一

红胜

注

① 妙,虎口将须! 黑方纵有车、士看住中路,却对红方小兵奈何不得。

② 只能如此。如改走车5退5或士6退5,红则炮七进一闷杀。

235

结语

本局着法短小精悍,红方一共只走了7步棋,而每着棋都环环相扣,步步生辉。第一着进车叫将为了进炮。第二、三两步红炮进而复退为了选点,为红兵平中叫将保驾护航。而最妙的是第4着红兵平中虎口捋须,让黑方吞又吞不下,吐也吐不得。第5着弃车是为了后面两着重炮杀棋做好铺垫。第6着炮七进一叫将以为闷杀,不料黑方使了金蝉脱壳之计,让4路炮翻飞出去,死里逃生。最后不得不再补上一炮,形成重炮杀棋。综观全局着法跌宕起伏,富有变化,读来耐人寻味,妙趣无穷。

第117局　李代桃僵

古乐府《鸡鸣》:"桃生露井上,李树生桃傍。虫来啮桃根,李树代桃僵。树木身相代,兄弟还相忘。"本来是用桃李共患难来比喻兄弟相爱相助,后借喻为互相顶替或代人受过。

本局第5回合红车二退九,让红炮脱身,符合题意。

红先胜

1. 马八退六① 车4退6

2. 车九平五② 士6进5

3. 炮一进一 象7进5

4. 车二进一 士5退6

5. 车二退九 士6进5③

6. 炮三进九

红胜

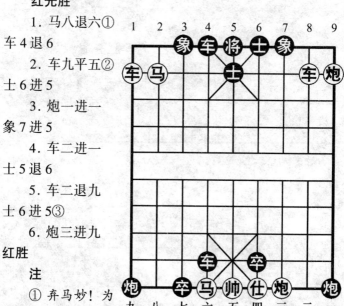

注

① 弃马妙!为九路车杀中士叫将让路。

② 弃车引士,为车炮抽将做杀奠定基础。

③ 垫车抽将,李代桃僵,使三路炮脱身做杀,符合题意。

237

结语

本局首着红献马叫杀,继而九路车横杀中士叫将,为右翼车炮抽将做好准备;接着红车抽将垫回,让红炮脱颖而出。这种借尸还魂的典型杀法,可作为初学者的入门捷径。

第118局　高楼百尺

局名取自宋·刘克庄《贺新郎》词:"老眼平生空四海,赖有高楼百尺。看浩荡,千崖秋色"。

红先胜

1. 兵五进一
士6进5

2. 兵六平五
士4进5

3. 兵四平五
将5进1

4. 车五进三
将5平4

5. 炮六进四
车4退3

6. 车五平六
将4平5

7. 马六进四
将5平6①

8. 前马进二
将6平5②

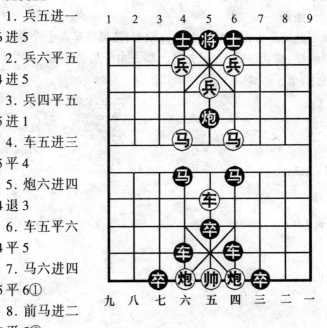

9. 马二进三	将5退1	10. 车六平五	将5平4
11. 马四进五	将4平5③	12. 马五进七	将5平4
13. 车五进三	将4进1	14. 马三退四	将4进1

15. 车五平六　**红胜**

注

① 如改将5退1,则前马进三,将5进1,马四进三,将5平6,车六平四,红胜。

② 如改将6退1,则马四进五,将6平5,马五进七,将5进1,马二进三,将5平6,车六平四,红胜。

③ 如改将4进1,则马五退七,将4退1,马七进八,将4进1,车五进三,红胜。

结语

此局红方以三兵毁去黑方双士,使黑将暴露于外,然后车马纵横,耀武扬威,大闹九宫。黑方由于后防空虚,只得听之任之,束手待毙。

第 119 局　并行不悖

局名出自《礼记·中庸》："万物并育而不相害,道并行而不相悖"。悖,违背、抵触。

红先和

1. 后兵进一　将 6 平 5

2. 后兵平五　将 5 平 6

3. 炮四进二　马四进六

4. 兵五平四　将 6 平 5

5. 兵六平五　将 5 平 4

6. 炮六退三　卒 4 进 1

7. 帅六退一　炮 4 进 4

8. 帅六平五　卒 4 平 5

9. 仕四进五　炮 4 平 5	10. 兵五平六　将 4 平 5
11. 帅五平六　炮 5 平 4	12. 兵六平五　将 5 平 4
13. 帅六平五　卒 5 平 6	14. 兵四进一　炮 4 平 5
15. 仕五进四　马 6 进 4	16. 帅五平四　马 4 退 5

241

17. 兵五进一　将4退1　18. 中兵四平五　炮5退3
19. 兵四进一　马5退4　20. 兵四平五　马4退5
21. 兵五进一　将4平5　和

结语

本局二竖直线内兵种繁多,黑方拥有双车、双马、双炮以及双卒,实力明显占优势,然而红方利用先行之利,先后除掉双车及其他攻子,使局势渐趋平衡,最后只好握手言和。

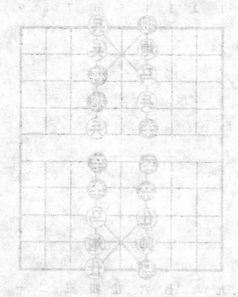

第 120 局　一飞冲天

语出汉·司马迁《史记·滑稽列传》:"此鸟不飞则已,一飞冲天;不鸣则已,一鸣惊人"。

红先和

1. 前兵六进一　将 5 平 4

2. 兵六进一　将 4 退 1①

3. 兵六进一　将 4 退 1

4. 兵六进一　将 4 平 5

5. 兵六进一　将 5 平 6

6. 兵六平五②　将 6 进 1

7. 前兵进一　将 6 进 1

8. 兵四进一　将 6 退 1③

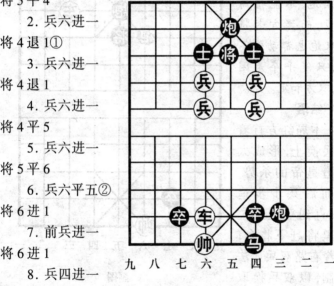

9. 兵四进一　将 6 进 1　　10. 车六平四　将 6 平 5

11. 车四退一　炮 7 平 4　　12. 车四进八　炮 4 退 6

13. 车四平三④　和

243

注

① 黑方不能走将4平5，因红有兵六进一的杀着。

② 红兵连冲四步实是点题之笔，此着又登上将台，把黑将赶下将台，因黑将不敢吃兵，如吃兵，则红车进八叫将杀棋。

③ 黑将同样不能平中，因红有进车叫将的杀着。

④ 走到此处成副图形势：

如图形势，红车必须死死看住将后黑炮，不能擅离半步，而黑方老将与双炮也都动弹不得，只能平卒走闲着，双方和定。

结语

本局红方首着弃兵换士，形成太监追皇帝的杀势，继而后兵步步追杀，直到登上王位把黑将赶下将台；接着右路双兵如法炮制，以双兵换取

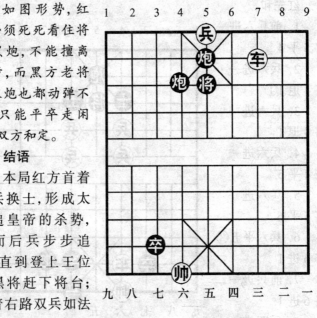

副图

一士并使黑将高悬。最后红车移师右翼，消灭黑方马卒。不料黑炮趁机兴风作浪。还好红车可以进八看住黑炮，才幸免于难。最后因双方都只能走闲着，遂以和局告终。本局最有趣之处在于黑将被红兵逼得四处逃难，顺时针方向绕皇城一周，复归原位。

特别说明:因本局图形红方四路和六路的直线上都有前兵和后兵,又根据兵只能前进不能后退的原则,所以本局的特别记录方法是兵六进一,表示走前兵,因为后兵根本不能前进,读者自演便知。

第121局　昼伏夜行

局名出自《战国策·秦策》:"伍子胥橐载而出昭关,夜行而昼伏,至于漆夫"。如图是一则对称形排局,双方共七子,布局简约明澈,优美自然,令人过目不忘,红马长途跋涉,解将还军,如"昼伏夜行",局名形象而贴切。

红先胜

1. 马六进四

士5进6

2. 马四进五

士6退5

3. 马五进四

士5进6

4. 马四进五①

士6退5

5. 帅五进一②

将6进1

6. 马五退三

将6退1

7. 帅五平六③

士5进4

8. 马三退四

红胜

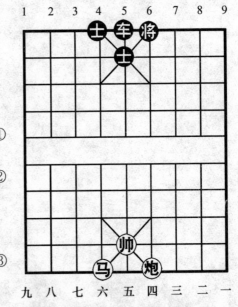

注

① 红马由中路盘旋而出,始终把黑车关在宫里,这是获

246

胜的首要条件。

②必要的等着,如改走马五进三,则将6进1,马三退四,士5进6,马四退五,将6平5,帅五平六,车5平9,黑车脱颖而出,红方将很难抵挡黑方的攻杀。

③避开黑方的叫将,好棋! 如误走帅五退一,则黑士5进4,帅五平六,车5进9,黑将有胜棋的希望。

结语

本局六路红马冒着枪林弹雨由中路盘旋前进,始终把黑车禁锢在将位,最后以一步等着从容取胜。本局棋子不多,但着法新奇有趣。

第 122 局 暗度陈仓

元·尚仲贤《气英布》第一折："孤家用韩信之计,明修栈道、暗度陈仓,攻定三秦,劫取五国"。如图黑方双车双卒已兵临红方城下,只要一步叫将即可成杀。现在轮到红方走棋,请看红方怎样应用"暗度陈仓"之计,一举打败对方。

红先胜

1. 马五进七①
炮7平3

2. 车九平六
炮3平4②

3. 车六进二③
士5进4

4. 车二平六④
将4进1

5. 炮三平六
士4退5

6. 炮五平六

红胜

注

① 该着有两个目的:一是明修栈道,为红炮左移让道;二是釜底抽薪,使黑士无根。

② 只能如此,如将4平5,则车二平五杀。

③ 妙,明修栈道,暗度陈仓! 弃车为右车左移打开通道。

④又是一着妙棋！弃车引蛇出洞，为以后重炮杀局奠定基础。

结语

本局首着兑马，既打通了右炮左移的通道，又削弱了对方的防御力量。接着平车叫将，弃车砍炮打开缺口，让右车左移叫将引将，为最后重炮杀棋打下基础。这些巧步妙着很有实战指导意义，读者如能认真领会，定能在实战中取得意想不到的效果。

第123局　扼肮拊背

《史记·刘敬叔孙通列传》："夫与人斗，不扼其肮拊其背，未能全其胜也"。扼肮：掐住喉咙；拊背：捺住脊背。比喻制敌要害。

本局是根据实战改编的一则排局，红方车马扼住黑方咽喉重地，以后又进车做杀。黑方虽然千方百计以求破解，但最终还是逃脱不了灭亡的命运。

红先胜

1. 车九进三①
象5进3

2. 车九进二②
马7退5

3. 马四退五
车5退1③

4. 马五退七
士5进4

5. 车六进一！
将5平4

6. 炮一平六
士4退5④

7. 马七进六

红胜

注

① 明车做杀！黑如不察，红有车六进一，士5退4，马四

250

退六,再车九进二的杀棋。

②进车继续做杀,好棋!如改走炮一平五,则马7退5,车九平五,象3退5,车五进一,车5平4,车六退六,象3进5,黑方胜势。

③如改走车5平6则马五退三,车6退4,马三进四,车6退1(如士5进6,则车六进一杀),炮一平五,红胜。

④如改走将4平5,则马七进六,亦为红胜。

结语

本局红方步步逼杀,黑方飞象、弃马、撑士,都是为了解救危局。但由于红方的攻势太猛,所以黑方最终还是逃脱不了败亡的厄运。

第124局　二鬼拍门

如图黑方双车双马双炮双卒单缺象,红方仅剩双马双兵无士象。子力上黑方占有压倒的优势,且大兵压境形成绝杀之势。但红方双兵已形成二鬼拍门之势,持先行之利,弃兵杀士,敲开了通向胜利之门。接着双马盘旋如二龙戏珠,最后兵取中士叫将成杀。

红先胜

1. 兵四进一①
将5平6②

2. 马三进二
将6平5③

3. 马一进三
将5平6

4. 马三退五④
将6平5

5. 马五进三
将5平6

6. 马三退四
将6平5

7. 兵六平五

红胜

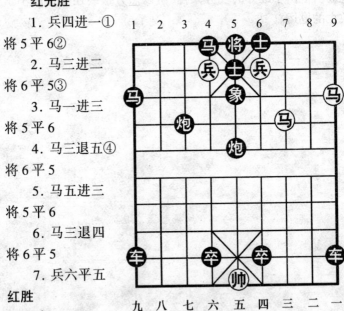

注

① 弃兵杀士妙!引蛇出洞,打开了通向胜利之门。

② 如士5退6,则马一进三杀。

252

③ 如将6进1，则马一退三杀。

④ 红马踩象搬走了黑方的炮架，为末着红兵取中士做杀奠定基础。

结语

本局是采用"双马饮泉"的杀法。"双马饮泉"在古今排局中常可见到，但此局有其独特之处，即首尾着法与众不同。可以说它是"双马饮泉"与"二鬼拍门"的"混血儿"。局中首着弃兵杀士引出黑将；接着双马盘旋如二龙戏珠并取掉黑象；最后另一只兵取中士擒获黑将。虽然只寥寥数着，但其着法却也精妙，值得读者认真学习。

第125局　泉声蝶影

这是一幅美丽的画卷。看棋图,会使人们感到置身于云南大理的蝴蝶泉边,欣赏泉水的叮咚之声,观赏蝴蝶的翩翩起舞。

红先胜

1. 兵四平五① 士6进5

2. 兵六平五 士4进5

3. 兵三平四 士5退6②

4. 兵七平六 卒4平5

5. 仕六进五 卒6平5

6. 仕四进五 卒3平4

7. 仕五退六 卒7平6

8. 兵四平五 士6进5

9. 兵六平五　将5平4　10. 后兵平六　卒4平5

11. 仕六进五　卒6平5　12. 帅五平四　后卒平6

13. 兵六进一　**红胜**

254

注

① 弃兵独辟蹊径,是取胜的关键。若改走兵四进一则将5平6,兵五平四,将6平5,兵四平五,卒6进1,帅五平四,卒4平5,仕六进五,卒5进1。黑方捷足先登。

② 黑如改走将5平4? 红则兵七平六弃兵! 将4进1,兵四平五,将4退1,后兵平六,红速胜。

结语

是局妙在不仅图案设计对称,在着法设计上也相同,但红方毕竟持有先行之利,妙在首着弃兵,给人以意想不到之感。黑方则东施效颦,依样画葫芦,因是后手,最终难免吃亏。

第 126 局　未雨绸缪

局名出《诗经·豳风·鸱鸮》："迨天之未阴雨,彻彼桑土,绸缪牖户"。绸缪,紧密缠缚,比喻事先做好准备。

红先胜

1. 炮八平四
将 6 平 5

2. 车八进五
炮 4 退 1

3. 车八平六
将 5 平 4

4. 车九平六
炮 1 平 4①

5. 车六进一
将 4 进 1

6. 前兵进一
将 4 退 1

7. 前兵进一
将 4 进 1

8. 兵五进一
将 4 进 1②

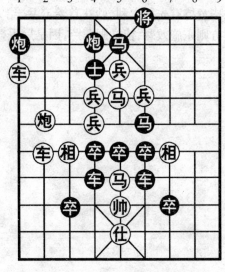

9. 兵六进一　将 4 平 5　　10. 炮四平五　**红胜**

注

① 如改走将 4 平 5 则兵五进一,将 5 进 1,炮四平五,红速胜。

256

② 如改走将4平5,炮四平五;或将4退1,马五进七,红均速胜。

结语

在排局创作中,拟字形局不易,拟后成形局更难,况且在最后形成"未"字形时,两边棋子也出现左右完全对称的图形(见下图),这更是不易。此局虽说杀法并无曲折深奥之处,但连弃双车,构成"太监追皇帝"的杀势,最后又借马后炮成杀,着法还算紧凑,可资实战借鉴。

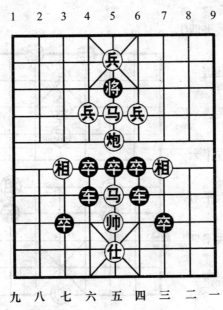

257

第127局 小虾吞鲸

如图黑方双车双卒,红方四兵双相。按理说黑方在子力上占据了明显的优势,如不能胜,至少也应当和棋才是,但在红方强大的攻势面前却一筹莫展,束手就擒。双车——这一对庞然大物,却被这小小的兵卒所吞没。

红先胜

1. 中兵平四① 车1进2

2. 帅五进一 车1平6

3. 后兵进一② 车4进8

4. 帅五平六 卒3平4

5. 帅六平五 卒4平5③

6. 前兵平四 将6平5

7. 兵五进一 将5平4

8. 前兵进一 卒5进1

9. 相三退五 车6退7 10. 兵四平五 红胜

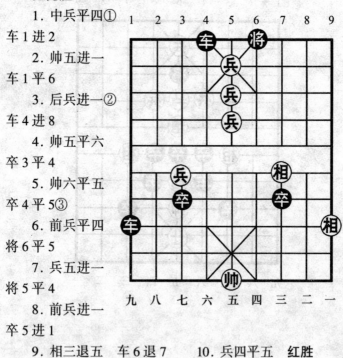

258

注

① 此处所指中兵,为五路三个连兵中间的一个,平兵做杀逼黑方应着。

② 进兵互保等待时机,如兵四进一,则车6退8,兵五平四,将6进1。黑方多子胜定。

③ 平中遮将防止杀棋。如改走卒4进1,则前兵平四,将6平5,兵五进一,将5平4,兵五进一,将4进1,前兵平五,将4进1,兵四平五,三连兵杀,红胜。

结语

此局是一盘以弱胜强的典型例子。红方三兵前后左右形成互保,并时刻威胁着黑方主将的安全,黑方双车却无奈它何。又因红有河口相保住宫相位,使黑方中卒无法逼宫,确保了红方的取胜。

第128局　放虎归山

如图双方阵势一样,图形相同,现轮到谁先走谁就输棋,输棋的原因是首着必须走相(象)七进九,把关在笼子里的猛虎放归山林。

当一方车路畅通而另一方车陷绝地时,单车破位置不佳的士相全是全局要点。

红先黑胜

1. 相七进九　车5平1

2. 相五进七①　车1退1

3. 仕五退六　车1平2

4. 仕六进五　车2平3

5. 仕五退六　车3退2

6. 仕六进五　车3平4

7. 帅六平五　车4进2

8. 相九退七②　车4平3

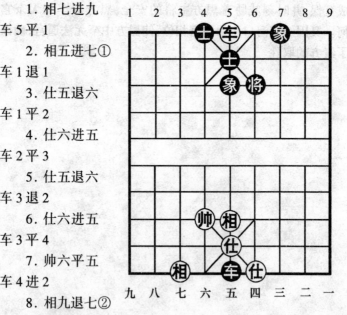

9. 相七进九　车3退1　　10. 仕五进六　车3平2

11. 相九退七　车2退1　　12. 仕六退五　车2进3

13. 相七进九　车2退2　　14. 仕五进六　车2平3

15. 帅五退一　车3平4　　16. 帅五退一　车4平7

17. 相九退七　车7进2　　18. 相七退五　车7平6

19. 帅五进一　车6退1　　20. 帅五退一　车6平7

21. 相七进九　车7退5　　22. 相九退七　象5进7

23. 相七进九　象7退9　　**红胜**

注

① 如改走相五退七则黑车1退1,仕五退六,车1平2,至此红有两种走法:

甲、仕六进五,车2平3,仕五退六,车3退2,仕六进五,车3平4,帅六平五,车4退1,仕五进四,车4平2,仕四退五,车2进2,仕五进六,车2平3;帅五退一,车3平4,黑得士胜。

乙、相九进七,车2退2,仕六进五,车2平4,帅六平五,车4平3,相七退九,车3进1,仕五进六,车3平2,相九进七,车2退1,士六退五,车2进3,相七退九,车2退2,仕五进六,车2平3,殊途同归,得士黑胜。

② 如改走仕五进六则车4平2,仕六退五,车2退1,仕五进六,车2平3。至此,红方全局受制,无子可动,如续走仕四进五,黑车3退1,绝杀。

结语

本局红方首着开笼放虎,实属无奈。本来红车虽被囚禁,但尚有士相全仍可守和单车。然而只因老帅无法归位,到处流浪,这就给了黑方有破士的机会。后黑方又采取移步换形的手法,把5路象调住9路,加强了对红车的禁锢,又使得己方的将路得以畅通,以便御驾亲征,协攻破相而取胜。首着开笼放虎,末着妙筑樊笼,相映成趣,印象尤深。

四、趣味局

第129局　力敌万众

如图红方只剩单车及光杆司令,而黑方却三军齐整,十六子俱全。你能想像得到这盘棋的最终结局吗? 是胜,是和,还是负?

红先和

1. 车四平三
马6进7

2. 车三退一
象5进7

3. 车三进一
马5退7

4. 车三退三
车2平6

5. 帅四进一
车5进7

6. 帅四平五
士6进5①

7. 车三进六
将6退1

8. 车三进一　将6进1　　9. 车三退九　炮5平2②

10. 车三平八　卒4进1③　11. 车八平五　卒2进1

12. 帅五平四　卒3进1　　13. 车五进六　后卒4进1

14. 车五退一　　和

注

① 如改走士6退5(其目的是想控制六路线),则车三进六,将6进1,车三退八,将4退1,车三平四,士5进6,车四平五,士6退5,车五平四,士5进6,车四平三,士6退5,车三进八,将6进1,车三退七,将6退1,帅五退一,车守横线和。

② 如改走卒2进1则帅五退一,卒4进1,车三进一,后卒2进1,车三平五,车守中线和。又,如果改走前卒平5,则帅五退一,卒2进1,车三进二,车守横线亦和。

③ 如改走前卒平5,则车八平六,卒4进1(如改走卒2进1,车六进2),车六进一,卒3进1,帅五退一,车守横线也是和棋。

结语

此局布局严谨,着法紧凑,子尽其用。局中红车令人想起:"力拔山兮气盖世"的西楚霸王项羽。看他真力弥满,万象在旁,摧枯拉朽,横扫千军……

红方首着平车发难,即逼得黑方手忙脚乱、丢盔弃甲如鸟兽散。黑方连献双马双车一象以求解围仍无济于事,还有双炮一象也在劫难逃。还好双士无恙才保得平安无事。终局红方一车守和五卒,大有"一夫当关,万夫莫开"的神武气概。

第 130 局　铁马犁春

如果说单车能守和十六子全,靠的是车的威力,如棋谚所云:"一车十子寒"。那么,单马能够守和十六子全,靠的又是什么? 靠的是马的"八面威风"。下面请看单马是如何守和十六子的。

红先和

1. 马三进五
车 4 平 5

2. 帅五进一
炮 4 平 7

3. 马五进六
象 7 退 5

4. 马六进八①
前卒平 4

5. 帅五平四②
卒 6 进 1

6. 帅四进一
车 2 平 6

7. 帅四平五
卒 3 平 4

8. 帅五平六
卒 4 进 1

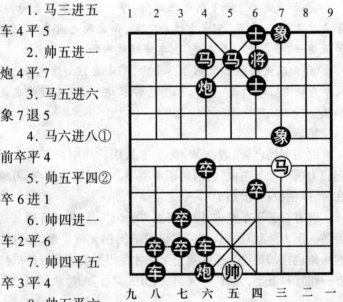

9. 帅六退一③　卒 4 进 1　10. 帅六平五④　卒 4 平 5

11. 帅五进一　车 6 退 2　12. 帅五平四　炮 7 平 4

264

13. 帅四平五　象5进3　　14．马八退六　象3退5

15．马六进八⑤　和

注

① 一计不成再生一计,逼得黑方再度献车,而且把四个卒子也搭了进去。

② 不能走帅五平六,因黑有卒2平3叫将,抽吃红马的棋,另如走帅五进一则车2平5杀。

③ 如改走帅六平五则卒4平5,帅五平六,车6退2,帅六退一,卒2平3,帅六平五,炮7平4,黑胜定。

④ 如误走帅六进一则车6平4,帅六平五,马4进2,黑胜。

⑤ 至此,红马已将黑方各子像磁铁般牢牢吸住。以下黑方如不动象而走炮4退3,红方可用帅走闲着。由于是高帅低卒,黑卒不能使红帅欠行,故黑方无计可施,巧妙成和。

结语

本局精妙之处在于"精含于内,神见于外","此马非凡马",乃龙驹宝马也! 第1回合至第4回合中有三步动马,着着有千钧之力。第一次动马,逼黑方弃车解围;第二次动马,吃掉黑炮;第3次动马更是厉害无比,迫黑方连弃一车四卒。最后红方仕匹马之力,巧妙地将黑方双马炮士象各子牢牢粘住,寸步难行。其鬼斧神工的艺术构思,实在令人叹为观止。另外,有人说黑方七路底象是冗子。其实不然,若无此象,第4回合红马六进八后,黑方不必大规模弃子,只要走炮7退9解杀,即多子胜定。

第 131 局　一柱擎天

谁都知道,炮需要炮架子才能吃子。在残局阶段,炮的子力价值已大打折扣,棋谚有"残棋马胜炮"之说。也就是说,残局阶段炮不如马。既然是单炮不如匹马,同样对付十六子俱全,单炮比起单马,它的难度当然也就更大了。

红先和

1. 炮三退一
前卒平 1①

2. 帅五进一
炮 8 进 1

3. 帅五退一
炮 8 退 1

4. 帅五进一
炮 8 进 1

5. 帅五退一②
炮 8 退 1　和

注

① 未雨绸缪,摆好架势,预先做好长献的准备工作。如改走其他着法,红方只要炮三平九,黑方立毙。

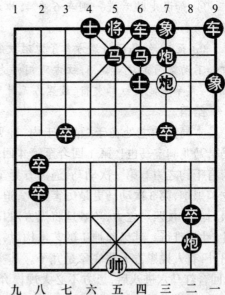

② 红方拦炮属于允许着法,不变作和。如强行变着,改走炮三平七,黑方则炮 8 平 3 作长献,以后红方长要杀属禁止

着法,必须由红方变着,不变作负。

结语

本局虽只寥寥数着,看似简单,其实创作的难度是很大的。因为炮需有架子方能有用武之地。此局红方除孤帅和单炮外,一无所有,如何成和? 不免使人疑窦丛生。局中红炮一步发难,令黑方六神无主,焦急万分,赶忙摆好架势做好献炮准备。可是红方不慌不忙以帅拦炮,犹如闲庭信步。就这样黑方急着要移炮,红方却不紧不急地拦着炮,最后双方终以不变作和。

这种独特的艺术构思堪称一绝!

第132局 一发千钧

《汉书·枚乘传》："夫以一缕之任,系千钧之重,上悬无极之高,下垂不测之渊,虽甚愚之人,犹知哀其将绝也"。此局黑方十六子俱全,且一车五卒把红帅围得水泄不通,势如垒卵。在这千钧一发之际,请看这只神兵如何解得危局。

红先和

1. 兵三进一① 车9平6②

2. 帅四进一 卒7进1

3. 帅四退一 卒7进1

4. 帅四进一 卒6进1

5. 帅四进一 卒4平5

6. 帅四平五 车4进6

7. 帅五平六 马5进3

8. 兵三进一 将6平5

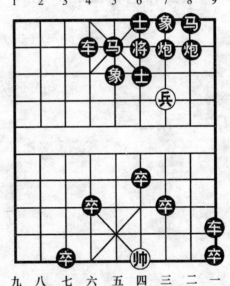

9. 兵三平二 马3进5 　10. 兵二进一 马5退7

11. 兵二平一 象5退3 　12. 帅六退一 和

注

① 此着进兵犹如神兵天降,使黑方一下子陷于绝境。

② 黑将当归何处? 窝心马的出路是当前的主要问题。所以,以下大量的弃子都是围绕着这个主要矛盾而展开的。

结语

在象棋的攻子中,兵的战斗力最弱,兵卒蜗行牛步,行动迟缓,又不能后退。要拟单兵弈和 16 子俱全的排局。简直是异想天开。本局的作者却以其超神入化的构思和炉火纯青的功力,把两者相结合的产物,奉献给读者,使人们获得了美的感受。

此局首着兵三进一,"柳营高压汉宫春",大有雷霆万钧、一剑封喉之力。黑方眼看回天乏术,但竟连弃双车双卒,力挽狂澜,跃出窝心马,使局势一下子逆转过来。至此,黑方似乎胜券在握。不料红兵倚仗占位好,得势不饶人,有恃无恐地横冲直撞,连连吃掉黑方双炮一马。虽冲至底线变成老兵,但仍余勇可贾,发挥余热。正是靠着这一只老兵,令黑方无可奈何,只好休兵罢战。全局过程一波三折,着法紧凑精彩,令人回味无穷,堪称神逸。

第133局　单车问边

　　局名取自唐·王维诗《使至塞上》:"单车欲问边,属国过居延"。

　　如图黑方十六子俱全,红方仅余一车一兵,取胜之道除技巧外,还要看双方子力的位置,现因黑方子力拥塞,于是给红方留下了胜机。

红先胜

　　1. 车一进六①
炮2平6

　　2. 车一平四
车2进1

　　3. 车四平八
马4进2

　　4. 车八进一
将4退1

　　5. 车八进一
将4退1

　　6. 车八退二
将4退1

　　7. 车八平六
士5进4

　　8. 车六平七
士4退5

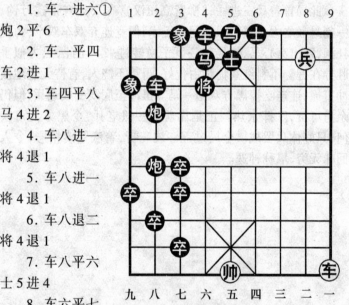

　　9. 车七进二　将4进1　　　10. 车七退四　将4退1

270

11. 车七平六　士5进4　　12. 车六平八　士4退5

13. 车八进四②　将4进1　　14. 车八退二　将4退1

15. 车八平六　士5进4　　16. 车六平七　士4退5

17. 车七进二　将4进1　　18. 车七退五　将4退1

19. 车七进五　将4进1　　20. 车七退七　将4退1

21. 车七进七　将4进1　　22. 车七退二　将4退1

23. 车七平六　士5进4　　24. 车六平八　士4退5

25. 车八进二　将4进1　　26. 车八退六　将4退1

27. 车八进六　将4进1　　28. 车八退二③　将4退1

29. 兵二平三　士5进6　　30. 车八进二　将4进1

31. 车八退一　将4退1　　32. 兵三平四④　卒1进1

33. 帅五进一　卒1进1　　34. 帅五退一　卒1进1

35. 帅五进一　卒1平2⑤　36. 车八进一　将4进

37. 车八退八　将4退1　　38. 车八进七　象1进3⑥

39. 车八进一　将4进1　　40. 车八退二　将4退

41. 车八平六　马5进4　　42. 帅五平六　士6进5

43. 车六平七　车4平6⑦　44. 兵四进一　士5退6

45. 车七进二　将4退1　　46. 车七进一　将4进1

47. 车七退二　士6进5　　48. 车七退二⑧　**红胜**

注

①　红若随手走车一进七叫将,则黑士5进6,车一退一,炮2平6,车一平四,车2进1,车四平八,马4进2,车八进一,将4退1,车八进一,将4进1,车八退二,将4退1,车八平六,马5进4;车六平七,车4平5,至此,黑方多子胜定。

②　细腻!红若贪快走车八平六,则士5进4,车六平七,象1进3,车七进一。至此黑象随时可飞,黑车得以脱颖而出,黑胜势。

③ 塞住象眼乃精妙之着。至此黑无子可行,被逼上士就范。

④ 车守要津,兵行诡道,妙极,恶极。

⑤ 被迫献卒,拖延红进军速度。

⑥ 此外,黑另有两种走法:

甲、马5进4,帅五平六,红胜。

乙、士6进5,车八进一,将4进1,车八退二,将4退1,车八平六,士5进4,兵四平五!士6退5,车六平七。

⑦ 黑车如平其他几路,也难免被抽吃。至此,黑方败象已呈。

⑧ 至此,马双士无法守和单车,余着从略。

红车安于右下角,首着车一进六沿边线移动作杀,切"单车问边"题意,黑方势必献炮、弃车、舍马来"螳臂挡车",为黑将留下逃生之路;红车则频频利用腾挪作杀的机会,连消带打,顺手牵羊吃去一炮四卒,使黑方无子可动,只好再次送吃一路边卒。以下红方车扼要津,兵行诡道,终于以车兵巧胜车马士象全。

第134局　鸿鹄高飞

句出汉·刘邦《鸿鹄歌》："鸿鹄高飞，一举千里；羽翼已就，横绝四海"。

红先胜

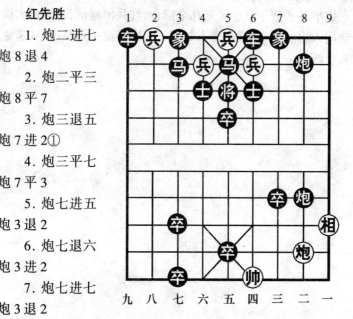

1. 炮二进七　炮8退4

2. 炮二平三　炮8平7

3. 炮三退五　炮7进2①

4. 炮三平七　炮7平3

5. 炮七进五　炮3退2

6. 炮七退六　炮3进2

7. 炮七进七　炮3退2

8. 兵五平四	车1平2	9. 炮七平三	前卒5进1
10. 帅四平五	卒3平4	11. 帅五平六	车2进9
12. 帅六进一	车2平7	13. 兵九平八	炮3进4
14. 兵八平七	炮3平4	15. 兵七平六	车7退6
16. 炮三退二	车7退1	17. 兵六平五	**红胜**

273

注

① 此着黑方如改走马3进4,则炮三平七,马4进3,相九进七,炮7进2,炮七进六(下着再走炮七退二胜)。

结语

此局局面引人入胜,着法机警、巧妙。红方取胜,红炮居功至伟,东西驰骋,上下翻腾,纵横自如,踏雪无痕,迫使黑方车炮卒各子疲于奔命。末几个回合,红兵闲庭信步,大摇大摆地闯入将府探囊取物,黑方却因子力困挤而一筹莫展,弈来令人喷饭。

第135局 云尽山出

句出唐·许浑《凌歊台》诗:"湘潭云尽暮山出,巴蜀雪消春水来"。局名即见题意,弈后盘面呈"山"字。

红先胜

1. 前兵平四
将6进1①

2. 兵三平四
将6退1

3. 炮六平四
将6平5

4. 前兵平五
将5进1

5. 兵四平五②
将5进1③

6. 车七平五④
卒6平5

7. 兵六平五
将5退1

8. 炮四平五
象3退5

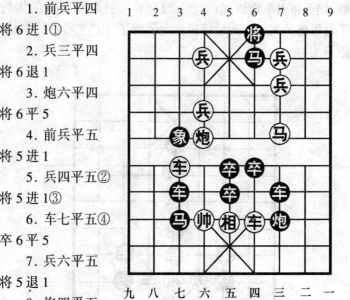

9. 兵五进一　将5进1　　10. 马三进五　**红胜**

注

① 如改走将6平5,则红兵六平五杀。

② 连续两步弃兵引蛇出洞,使黑将更接近红方的火力范

275

围,以利于红方的攻杀。

③如改走将5退1则马三进四,将5平4,炮四平六,红胜。

④弃车调虎离山,引离了四路红车前的拦路虎,使四路线洞门大开,限制了黑将的活动范围。

结语

本局红方在战略上分三步走:第一步即头3个回合,先把黑将赶回原位;第二步即4、5两个回合,采用引蛇出洞的策略,把黑将引至宫顶;第三步从红方弃车引离黑卒开始,实行了对黑将的围歼。到最后棋盘上出现了"山"字形(见下面所附棋图)。

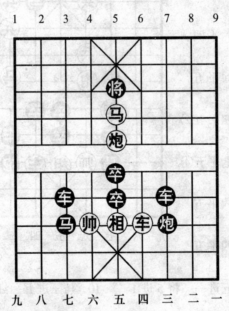

副图